一切为时已晚

[意] 安东尼奥·塔布齐 著　崔鹏飞 译

东方出版社

图书在版编目（CIP）数据

一切为时已晚 /（意）安东尼奥·塔布齐著；崔鹏飞译 .
—北京：东方出版社，2020.11
（读经典）
ISBN 978-7-5207-1695-6

Ⅰ . ①一… Ⅱ . ①安… ②崔… Ⅲ . ①书信体小说－意大利－
现代 Ⅳ . ① I546.45

中国版本图书馆 CIP 数据核字（2020）第 183609 号

一切为时已晚
（YIQIE WEISHIYIWAN）

作　　者：【意】安东尼奥·塔布齐
译　　者：崔鹏飞
责任编辑：杨　丽
责任审校：曾庆全
出　　版：东方出版社
发　　行：人民东方出版传媒有限公司
地　　址：北京市西城区北三环中路 6 号
邮　　编：100120
印　　刷：三河市金泰源印务有限公司
版　　次：2020 年 11 月第 1 版
印　　次：2020 年 11 月第 1 次印刷
开　　本：889 毫米 ×1230 毫米　1/32
印　　张：11.25
书　　号：ISBN 978-7-5207-1695-6
定　　价：60.00 元
发行电话：（010）85924663　85924644　85924641

生命中无法到达的彼岸

　　书信是最古老的传播方式之一。在传播学上，每一次传播的发生都涉及到三个元素：写信人、信息以及收信人。写信人撰写信息，通过一定的通信渠道将信息发出，最后信息到达收件人之手并被阅读，整个传播过程才宣告结束。书信体小说作为一种文体的历史由来已久，我们熟知的《少年维特之烦恼》就是其中的代表。作为同样只存在一个叙事声音的文体，和独白式小说不同的是，书信体小说有一个形式上的信息接收者，也就是收信人。这位收信人一般住在另一个城市，在日常生活中与写信人并无瓜葛，只是充当了作者的叙事工具，有时这位收信人还会回函，帮助作者引出下一步的叙事。通过不断往来的书信，故事徐徐展开，呈现在读者的面前。

在《一切都来不及》这本书中，安东尼奥·塔布齐无疑对这种古老的叙事方式进行了一次革新。乍一看去，书信体的各种元素仍在，但是读到后来，我们发现有些事情开始显得说不通，熟悉的景色从我们的眼皮底下溜走，收信人从未现身，写信人消失不见，乾坤已然颠倒。作为与写信人纠葛了一生的昨日伴侣，收信人地址不详、身份不详，甚至是生是死都不得而知，这样类似的错位和混乱在信中随处可见。然而如同没有归宿的漂流瓶一样，小说中的这些信一经发出就被淹没在了文字之海当中，几乎没有可能到达收信人的手里，传播的闭环永远都无法完成，就像《河流》的结尾处，船只永远无法到达根本不存在的河对岸。

在拳击比赛行将结束的时段，我们经常能看到这样的一幕：处于劣势的那位拳手已经被打得脚步踉跄，他使出全力挥出最后一拳，对手灵巧地躲了过去，仅存的一点能量落了空，拳手随即轰然倒下。这正是小说中每位写信人所面临的困境的完美隐喻：收信人曾经是他们生命中的情感寄托，承接了他们所有的生命欲望，两人如灯芯般缠绕在一起。岁月流转，时移境迁，有一天，收信人们决定从纠缠中抽身出来，寻找另一条可能的生命路径，她们有人另觅新欢，有人就此往生，只留下写信人在原地，仍旧贪恋于对方曾经对自己生命冲动的接纳。此时，对方离去所留下的空白就像空气一样若隐若现，能够维系这种幻觉的只有写信人脑中脆弱的脑电波。他们决定将幻觉以文字的形式写下来，每一封信都承载了生命中一种无处安放的欲望，将我们引向他们灵魂的幽暗深处，那里无边无际，一切都显得神秘而不确定。而这正是他们最后的殊死一搏，也是维持他们继续存活于世的信念。

就这样，十七个男写信人，十七个女收信人，十七封永远无法到达彼岸的信件，背后是十七个日常而荒诞的人间故事。有时候，你会不禁怀疑这些信是否都出自同一人之手，因为某些信里有其他信中出现过的元素，可能是某个场景，也可能是某个物件。但是后来一些明显的线索告诉我们，这大概只是作家跟读者们玩的一次捉迷藏。这个游戏也暗合了作家在书中所表述的观念：宇宙是一个层层嵌套的同心圆，在某些节点上循环重新开始，过去成为将来，虚拟与现实颠倒。面对人生巨大的不确定感，作家似乎试图通过更为宏大的宇宙观给出自己的答案，所有的人生无常，所有的因缘际会，对于人原始而初级的感官而言，已经是不可捉摸的终极奥义，然而如果放在整个宇宙的维度之下，却只是再普通不过的因果反应和逻辑推演。

翻译这本书给我带来了巨大的满足。作为译者，首先需要符合艾柯对模范读者的定义，在意义迷宫中与作者紧紧相随，记录每一个岔路和起伏。塔布齐的迷宫恰恰是繁杂而幽深的，跟随他的讲述和思辨，或是可以触发某种曾经的人生体验，或是能够进入之前从未涉足过的意识疆土。同时翻译这本书也是个巨大的挑战。先不说塔布齐习惯性的多语言写作（本书中出现了意、英、法、葡、西等五种欧洲语言），以及书中常出现的迷宫一般的哲学思辨，单单是与十七位写信人共情这件事就颇费心力，因为虽然这十七个男人看似人格境遇相似，但细品起来又有些微妙的差别，每译完一封信都需要稍稍调整频率。这个调频的过程让我想起了 2004 年夏某个雷雨交加的晚上，当我们几个人在大学宿舍里轮流把握着偷带进来的小电视机的天线，小心翼翼地寻找卫星信号收看欧洲杯比赛时，空气里中弥漫着的焦灼。现在想来，对于我这个宇宙中的个体而言，那时似乎正是塔布齐所说的，在碎裂的时间里循环重新开始的节点。

崔鹏飞

目录

海中间的票

我的卡拉：

　　依我看，这座岛的直径最多不超过五十公里。环岛有一条狭窄的公路，路面常常就那么紧挨着海岸的边缘，或者顺着略有坡度的海岸一直延伸到荒凉的石头海滩。那里只有一些被海水侵蚀的非洲柽柳，有时候我会在类似的地方停留片刻。此时，我正是在这样一个海滩上低声跟你说着话，正午的太阳和大海一道，反射出了耀眼的白光，你闭上眼睛，在我身边躺下。你的胸脯规律地上下起伏，就像一个熟睡的人那样，我不忍将你吵醒。我们熟悉的一些诗人应该会喜欢这片海滩，因为它粗粝、朴素，遍布着石子、岩石、荆棘和山羊。我甚至觉得，这座岛其实是不存在的，眼下的一切不过是我的想象而已。这不是一个地方，而是一个洞，网里的那种洞。那张网能囊括一切，就是渔船上的那种拖网。我坚持要在上面找到洞才肯罢休。似乎有你嘲讽的笑声传来："得了吧，又来了！"然而你其实正双目紧闭，一动都没有动。一切都只是我的想象罢了。现在几点了？我没有带手表，毕竟时间在这里是无用的。

话说回来，我还是要继续说说这个地方。这里首先让我想到的是，如今这个时代是多么美好，至少我们这些托生为人的幸运儿不能否认这一点。再看看那些山羊，它们整天食不果腹，只能靠着吃荆棘舔海盐为生。这些山羊我越看越喜欢。沙滩上的山羊大概有七八只，它们游荡在石头之间，也不见有牧人的踪影。它们最有可能的主人就是我中午歇脚的那户人家。当时，在一个铺满了芦苇的篱笆凉亭下面，有那么一个类似咖啡馆的地方，在那里你可以享用些橄榄、奶酪和蜜瓜。给我上菜的那个老妇人有些耳背，想要点东西的话我得用喊才行，她说自己的丈夫马上就到了，不过直到最后也没有什么人现身，也许一切都只是她的臆想，要么就是我自己理解错了。奶酪是她亲手做的，我用餐的地方是个住家的庭院，说是庭院，其实就是块石头墙围起来的空地，除了一个羊圈之外，空地上长满了刺菜蓟。我向她做了一个砍的手势，意思是说这些刺菜蓟该割一下了，人走在上面不仅扎腿，还容易绊倒。老太太照葫芦画瓢，也做了一个一模一样的手势，甚至比我的手势还要坚决。天知道她这个砍空气的动作是什么意思呢。牛棚旁边的岩石里雕凿出了一个类似地窖的地方，奶酪正是在那里制作完成的。那是一种避光发酵的咸味里可塔奶酪①，外面有一层带辣椒的红色外皮。这个岩石中的工作间非常凉爽，甚至有些寒意。里面的桌子上放着一个花岗岩做的奶油分离器，用来凝固牛奶，还有一个大木桶用来加工乳清。桌子凹凸不平，还有些微微倾斜，这是为了把奶酪凝块的水分挤出去，就像拧衣服那

---

① Ricotta，原产于意大利，Ricotta 在意大利话中的意思是"再煮制（recook）"，是一种乳清奶酪，也可以用牛奶和乳清的混合物来制作。——编者注

样；她把奶酪块放进两个模具凝固，模具是木制的，有一个虎钳开关，其中一个模具是常规的圆形，另一个至少在我看来——是黑桃 A 的形状，因为它会让人想起那张扑克牌。我买了一块奶酪，我本想要黑桃 A 形状的，无奈老太太没有答应，我只能将就着买下了那块圆形奶酪。我想跟她讨个说法，但只从对方喉咙里得到了一些不雅甚至有些刺耳的嘟囔声，以及一些无从理解的手势，她用手在肚子上画了一个圆，然后又指了指心脏的位置。谁知道呢，也许她想说，那种奶酪是专门留给一些重大仪式的，比如出生和死亡。不过我之前也提到过，这一切也许只是我过于发达的想象力进行的误读，我这个人你是知道的。不管怎么样，奶酪很美味。事先在黑面包片上抹上这里盛产的橄榄油，放入奶酪，再塞进那种适合为从鱼类到山珍野味等一切食材调味的百里香叶。我本来也想问你有没有胃口：你看我说了吧，很好吃的，过了这个村可就没有这个店了，过不了多久，这种美味也会消失在这张裹挟着我们的大网之中，所以，趁着有机会赶紧享受吧。但是我又不想打扰你，你睡得这么香，这么自然，我想我还是闭嘴吧。远处有一艘船经过，我想起了正在给你写下的这个字：船。我看见的这艘船满载着……你来猜吧。

慢慢地，就像被周遭的环境指引着，我惊恐地走进了大海。正当我缓缓入水，所有感官被南方的太阳以及海水的蓝和咸浸透时，我听到来自背后你的嘲笑。我定定心神想要继续前进，直到海水没过了肚脐，那个傻瓜还在装睡，我心想，她竟敢耍我。为了挑战自己，我继续往前走；说是为了挑战自己，其实也是为了捉弄你，我猛地一转身，将我的裸体暴露在了你的面前。啊哈！我叫了一声。你仍在原地，连一毫米都没移动，但是你的声音，尤其是那种音调分明真实地传进了我的耳朵里，那嘲讽的音调。好样的，真棒，看来你的身材还没走样嘛！不过我们那次去蜂蜜海滩已经是二十年前的事了，过去了这么久，可别异想天开了！即便是你也得承认，对于一个正在进入海里扮演法翁①的人来说，这

① 法翁，罗马神话中半人半羊的神，主管畜牧。

句话实在太恶毒了。我看了看自己，再看看周遭的蓝色，突然感觉这个比喻确实贴切，滑稽的感觉让我僵在那里，带着恐惧、迷失，还有羞耻，我把手挪到身体前面想要遮挡一下，一切都是出于下意识的，因为我的面前其实一个人都没有，有的只是天空和大海。而你仍旧一动不动地躺在远处的海滩上，从物理距离来看，刚才那句话不可能是你说出来的。但我确实听见声音了，我这么想着，可能是幻听了吧。有那么一瞬间，我感觉浑身僵硬，脖子上满是冷汗，我感觉身边的水变成了水泥，要把我禁锢在此，让我在这里窒息而死，如一只被封印在琥珀里的蜻蜓。我艰难地迈开步子，试图摆脱裹挟着自己的恐慌，这种恐慌让我失去了所有坐标，我一直退到了海滩上，我知道这里至少还有你这个坐标点，永恒的坐标点，此刻正躺在我浴巾旁边的一条浴巾上。

我是不是跑题太远了，毕竟刚才还在跟你说着岛上的事情。那就回到原来的话题：如果真要猜一下的话，这座岛的直径应该有五十公里，据我目测，这里每十平方公里都可能没有一个人。是的，人真的很少。甚至羊可能都比人多，不，应该是肯定比人多。除了黑莓和仙人掌之外，这里唯一能出产的东西就是蜜瓜，地上的石子化成了沙，居民们在黄色的沙地上种起了蜜瓜，其他的一概不种，那是一种像西柚的小蜜瓜，但是味道十分甘甜。把一块块瓜地分隔开的是一种疑似野葡萄的藤蔓，它们顽强地从沙地中钻出来，既躲开了海水的侵蚀，又能在晚上得到露水的滋润，而这应该就是它们根部能得到的仅有的滋养。用这种葡萄能酿出一种深玫瑰色的高度葡萄酒，这大概是岛上唯一的饮品，另外人们还常饮一种草本酒，这种酒可以冷饮，味苦但香气浓烈。还有一些草本酒的颜色发黄，原料是一种石头中间长出来的带刺番红花，样子就像一种扁的洋蓟；这种酒比葡萄酒的酒劲更大，只留给病人和将死之人饮用。饮用之后，一种前所未有的舒适会让你沉沉睡去，等再次醒来的时候，你甚至不知道已经过去了多久：也许已经有好几天，而你连一个梦都没做过。

你肯定会觉得这里适合搭个帐篷。对此我是同意的，可帐篷该支在哪里呢？石子中间？蜜瓜中间？而且你也知道，我从来都不是支帐篷的高手，我要么就是会伤到哪里，要么干到一半就会累倒，总之就是不会善终。不过我在村子里已经找到了一个地方。虽然听起来像是天方夜谭，但就是有这样一个名叫"村子"的白色村庄，废弃的磨坊像哨兵一样挡在四座房子前面，走过一段破旧的台阶，可以看到一个箭头路标上写着：旅馆，前方一百米。旅馆有两个房间，其中一间没有人住。旅馆老板是一个沉默寡言的中年男子，他原本是海员，会说几种语言，最起码能应付日常交流的那种水平，同时身兼着岛上的邮差、药剂师和警察。他的两只眼睛颜色不同，这应该不是天生的，或许是在航海途中遇到了什么神秘的事故。他嘴里蹦出了几个词，还用手比画着，意思好像是有东西撞到了眼睛上。出乎你我意料的是，房间还挺漂亮。这是一个尖顶的阁楼房间，天花板的线条一直延伸到外面露台，露台下方的石头拱廊立柱被葱绿的茂盛枝叶环绕，肥硕的枝叶上长满了花蕾，一到晚上就香气扑鼻。这些花应该有驱虫的功效，至少墙上连一只蚊虫都没有，也可能是天花板上那些壁虎的功劳，这些小东西也很肥硕，还有些可爱，因为每次看到它们的时候，小家伙们都僵在那里。

脾气暴躁的老板手下有一位老太太服务员，每天早晨她都会把早餐送到我们房间里：茴香面包圈、蜂蜜、新鲜奶酪和一壶薄荷味的花茶。每次下楼的时候，我总能看见老板趴在桌子上算账。算的是什么账呢？去问问吧。他冷峻的语气中透露出些许殷勤。他总是问我："Como está sua esposa？（您的妻子还好吧？）"不明白他为什么跟我说西班牙语，他说"妻子"这个单词的时候毕恭毕敬，听起来着实好笑，我真应该大笑一声来回答他。说什么妻子妻子的啊，不用这么见外！说完了再拍一下他的肩膀。然而我还是选择了常规的回答：她很好，谢谢，今天早晨她醒得格外早，现在已经到海滩上去了，连早饭都没吃。那她也太可怜了，他仍然在说西班牙语，在海边饿肚子怎么行！他拍了拍手，老太太应声走了过来。他用本地话对老太太嘱咐了什么，老太太听罢立马准备出来了一份平时的早餐，用来解救忍饥挨饿的你。是的，就是今天早晨我带给你的那份早餐：茴香面包圈、蜂蜜、新鲜奶酪。我感觉自己像小红帽一样，只不过你不是外婆，也幸好没有什么大灰狼。只有一只棕色小羊在白色的石头间穿梭，背景是一片蓝色，我顺着一条小路来到了海滩，把浴巾铺开，在你的身边躺了下去。

我给你买的是不定期客票，这是旅行社的专业术语。我也知道这种票的价格是普通票的两倍，但这样一来你就可以自选回去的时间，我说的可不是那种每天往返小岛和所谓"文明之地"的老旧汽船，我买的是从附近小岛起飞的航班，那里有一条飞机跑道。这不是大手大脚，你知道我一向节俭，也不是为了显示我的大方，也许我根本就不是大方的人。因为我知道你很忙：一个人总是有事要做的，这里或那里，今天或明天。这就是生活。昨天晚上，你告诉我你该走了，真的该走了。你看吧，这就是不定期客票的作用了。按照现在流行的说法就是 *no problem*。现在正赶上退潮，海浪能把一切带向大洋深处。

我拿着你的票，朝海里走去（这次我穿着裤子，好在告别时保持一点体面）。我把票放在水面上，看着它被海浪卷走，消失在了我的视线中。我的天啊，有那么一瞬间，我的心就像是在离别时那样怦怦直跳（离别总会让人焦虑，你也知道我还是那种特别容易焦虑的人），我心想，不好，要撞到石头了。好在并没有。票的方向正确，它随着不断冲刷着这个小港湾的海流一起有力地摇曳着，然后突然消失不见了。我试图挥舞浴巾向你告别，但你离得实在太远了，或许是压根就没有注意到我。

河　流

我的卡拉：

　　我知道你醉心于过去，毕竟那是你的职业。不过请相信我，这是另一个故事了。解读过去总是会更容易一些，你可以回首过往，如果来得及的话你甚至还可以多看两眼。即便如此，过去就那样静静地待在什么地方，甚至可能只是以碎片的形式存在。有时候只需要嗅觉和味觉，这是我们从一些小说中读到过的，其中有些还是很出色的小说。也许我们只需要一段记忆，随便什么记忆都行：小时候看见的一件物品，抽屉里找到的一个纽扣，又或者是那么一些人，你看到他就会想起其他某个故人，甚至一张旧电车票。突然之间，你发现自己置身于那趟从提契诺门①开往斯福尔扎城堡②的轰隆的小电车里，你像幽灵一样走进了那座十九世纪城堡的大门，台阶旁的铸铁扶手上装饰着蛇头，你上了两个台阶，还没等按下门铃，大门自己就开了，你一点儿都不惊讶，因为在门厅洛可可风格的边柜上方、新古典主义风格座钟的后面，你看见一面带褐色污迹的镜子上裂了一道缝，对角线般地贯穿了整面镜子，你想起了那天对我说的话：像他这样病入膏肓的人不能这样挑战命运，这简直就是自取灭亡。此时你突然明白了，门之所以会自己打开，仅仅是因为它想挑战命运，它像其他一切有类似想法的人一样倒霉，谁知道最后它会被埋在哪里，而那面破镜子仍然在那里，就像是你知道后来会发生什么的那天一样。

　　或者你可以拿起一本相册，任何人的任何一本相册都行，我的，你的，任何人的都可以。你意识到生命

① Ticiro，又名德欣州，位于瑞士南部，是瑞士意大利语区。——编者注
② Castello Sforzesco，米兰最重要的建筑之一，是米兰沧桑历史的见证，收藏有达·芬奇、米开朗琪罗的作品，在 14 世纪时由斯福尔扎伯爵作为城堡而建，而后成为斯福尔扎家族的住所。——编者注

就这样被囚禁在了这些方形的纸张上，一步也不得逃脱。然而生命是膨胀、焦躁的，它想要冲破那个方框，因为它知道那个双手交叠、手臂上绑着初领圣体[①]丝带的白衣男孩明天（这里的"明天"指的是后来的任意一天）就会因羞愧而哭泣，有些无耻对吧？具体有多无耻并不重要，总之，悔恨是逃不脱的宿命，我们现在说的正是这一点。但是那张比女管家还要凶狠的照片将所有的真相困在了方寸之间。生活是其表象的囚徒，关于后来的那天，只有你还记得。

你看，就是这样的，想起来了吗？如果实在想不起来的话，就算念首诗也是无济于事的，比如晾晒旧衣服什么的，这都是表达忧郁时常用的意象，代表着陌生、低调而简朴的生活，那种简朴只有大诗人们能抓得住，反正人们都是这么说的。恰恰相反，这片土地其实非常壮观，美到甚至"完美"两个字都不足以形容，就像是西蒙尼·马提尼[②]的壁画里，一匹配鞍的马将某个

---

① 初领圣体，儿童加入天主教会的第二个步骤，第一步是受洗。
② 西蒙尼·马提尼，14世纪意大利画家。

不知名的骑士带去了某个不知名的远方。不过我自己是开车来的。我开得很慢，身体随着山体起伏的坡度变换着倾斜的角度，有点像是在骑自行车，男孩儿骑着刚刚获赠的生日礼物——一辆全新红色自行车在山间穿行，那种快感我也想体验一把。村庄只有四座石头房子，外立面连漆都没有刷，更没有人住，路边有一座干草仓，砖孔里长出来的草穗随风摇曳着，显然已经废弃很久了。有些事的发生就是那么偶然，谁也说不清是因为什么。那个地方没有任何停留的理由，甚至连咖啡都没的喝，真的空空如也。仅存的是干草仓旁边的一条小路，沥青磨尽之后土壤露了出来，路一直通往田野，那是另外一块不毛之地，就在尽头那里，我决定就走这条路了。

你肯定已经注意到了，在这种村落里，总会有一座小教堂或小礼拜堂。那是因为，在过去，这种地方的地主大宅周围会聚集很多农民的房子，无论是对地主还是对弥撒，农民都无比忠诚。就在土路的尽头处、两棵柏树的中间，坐落着一间十九世纪的石印油画里的那种小教堂，就是今天那些写着"文明之心"的明信片上画着的那种。和周遭其他的一切一样，它也废弃了。小教堂的尖形屋顶上有一扇敞开式方窗，里面的两座挂钟看上去就像牛棚里挂着的那种，而且可以看得出来，距离它们最后一次服役已经过去很久了。我的车正好停在了那里的其中一棵柏树下。在更远处的地方，一行行的葡萄藤和柏树长满了山丘，也算是当地一景。一切都是该有的样子。当时是五月，虽然我并没有尿意，还是朝柏树小便了，也许是因为那里本来是个没有理由停留的地方，我只是给自己找了一个停下来的借口。小教堂大门紧闭，我穿过四周生长的野草，绕教堂转了一圈，脚步小心翼翼，我不想吵醒那些钟爱废弃之地的毒蛇们。古老的石头缝隙中，刺山柑灌木杀出了一条血路，不知为何，它们光滑的树冠让我想起了《厄勒克特拉》①，我试着回忆起那些曾经烂熟于心的句子，奈何它们已经隐匿

① Ηλέκτρα，欧里庇得斯的希腊悲剧，讲阿迦门农凯旋却被妻子与情夫杀害于浴缸，他的儿子被忠实的仆人送出国境，女儿厄勒克特拉被母亲囚禁于城堡之中，长大成人的她无时不盼望弟弟能够回来为父报仇。——编者注

在了记忆的海洋之中。我摘了几个刺山柑放进嘴里嚼了，味道很酸，酸涩的口感在我的口腔中爆炸，但是那种令人不悦的味道似乎重新赋予了我一种能力，让我感知到了身边发生的一切。低声忏悔的苦涩能让我们想起曾经犯下的罪过，就是这个道理。我想到了生活，它老是鬼鬼祟祟的，很少会把因果示人，它真正的轨迹总是在深处隐藏着，就像溶洞河那样。

我早就跟你说过，结束了。但我其实没真的说出来，因为安静也是一种暗流。你以为我消失了吗？以前我确实消失过，我就呆在那里，好像身处虚无之中，停滞，有时会漫无目的地游荡。现在的我随便身处在某个属于自己的地方，对于我之前提到的那个壮观的地方来说，这是另一种尊重：丛山的隘口稀稀拉拉地长着橄榄树，野生灌木的花一到季节就肆意开放。我时不时就会想起你裂缝的形状，它和眼前的景色浑然天成：小小的阴蒂藏在大阴唇之下，宽阔的耻骨就像一棵树直插腹部。

所以，当时我人在远方，这能帮助你想通一些事情，巨大的孤独感盘踞在群山之间。我走进一个小酒馆，店名 Antartes 在希腊语中意为"游击队员"，此时我觉得自己就是个游击队员，一直生活在丛林中，打打藏藏，可敌人是谁呢？我在想，好吧，敌人就是事物，众所周知，就是事物，我是说所有事物，因为还没等你反应过来，生活就一点点塞满、膨胀，但它就像胞囊和混乱一样显得太过巨大，到了某个临界点，这一切事物：物体、记忆、噪声、梦或梦中的梦都失去了意义，变成了面目模糊的噪声、一团乱麻、一声呜咽，上不去也下不来，最后被活活憋死。我坐在外面的葡萄架下，吃着一盘羊杂碎做的美味菜肴，看着克里特岛险峻的山势，夹竹桃的色彩间或夹杂在那些陡峭山峰之中，山上的橄榄园郁郁葱葱，那是一种忧郁但明亮的绿色，我看到了一群羊，夹竹桃它们连碰都不碰，李子它们倒是嚼得津津有味，我想：嗯，我做到了。

我的一个朋友认为，做出自杀的决定固然艰难，话说回来其实也很简单：只需要一个动作，一切就结束了。比自杀更难的是沉默。它需要耐心、持久和固执；

和它相伴的是我们的生活日复一日，我们剩下的日子，一天又一天，和每个小时相比都会显得过长的每一天，它就像一个誓言，随便什么都能将它击碎，时间就是它的敌人。

事情如何发展，在其中主导的又是什么？什么都没有。一切都只是偶然而已。我走进那家酒馆仅仅是出于好奇，只是为了进去瞄一眼罢了。酒馆里没什么装饰，椅子摞在一起，桌子都集中在一个角落。墙上挂着一些照片，我凑近了去看。那个小村子里来过两位名人，一位是维尼泽洛斯①，这里是他的出生地，在后来的战斗中他把这里当成了自己的根据地；从他那些用墨鱼汁绘制的已经泛黄的肖像画中，可以看出他对家乡人民的爱。另外一位是卡赞扎基斯②，郁郁不得志的时候，他曾经来过这里，学会接纳了所有的不幸。作为作家的他我从来都没喜欢过，也许是因为我们有着同样的傲

---

① 维尼泽洛斯，19世纪末20世纪初希腊政治家，被誉为"现代希腊之父"，曾任希腊首相。
② 卡赞扎基斯，20世纪希腊诗人、政治家。

慢，只不过在我们生命中的各种因缘际会之中，傲慢给出的道路要比上帝指引的更多，卡赞扎基斯就选择了勇气以及拥有勇气的骄傲这一条。你也知道，我的情况就完全不同了，当骄傲也可以选择怯懦的时候，后来发生的一切就都顺理成章了。除了那幅看上去中规中矩的肖像画之外（西装、领带、精心修剪的胡子，奕奕有神、深邃的眼神就好像已经看透了真相），酒馆里还有一张他墓地的照片（姑且先叫它墓地），由于他的教堂不愿接受一个他们认为渎神的人，他的城市赫拉克里昂将他的遗体埋进了城墙里，石碑上写着一句和他从头到脚都十分贴切的话："我什么也不信，什么也不希望，我是自由的。"你看事情会如何发展，其中主导的又是什么呢？想要摧毁一个像我这样的人的决心，只需要一句话就够了。沉默是脆弱的。

不好意思我又变换场景了，不过正是因为看到了这句话，我才开车来到了这块我们再熟悉不过的地方，在这个废弃山村的教堂前停下，下车。我走遍了那个农村教堂周围的边边角角，像是想要找到什么东西来冲淡那句傲慢到让我恐惧的话。我知道我现在在东拉西扯，我说的话毫无逻辑，但是你知道有一些事情就是没有逻辑的，更何况我们这些人从来都只追求一种逻辑：原因结果、原因结果、原因结果，只是在为没有意义的一切强加一个意义。我的朋友会说，这正是那些在人生中或早或晚选择沉默的人的真正理由：因为他们感觉到，说话——尤其是写作，才是和缺失的人生意义和解的解药。

所以，让我们再次回到那个被荆棘和乱石包围的小教堂。如果是诗人的话，可能还会安排一些蛇出没，不过我是一条都没看到的。虽然很简陋（它让我想起了小时候为我父亲缝制衣服的一个裁缝的驼背），这座教堂还有一个后殿和一个小门，我猜，在过去教堂还在使用的时候，教士会穿过这扇小门，从自己隔壁的住处进来，为农民们做星期天的弥撒，他的住所可能就是个普通农舍，连正规的牧师宿舍都算不上。在那扇虫蛀了的小门上，用透明胶贴着一张机器打印的纸，上面写着："选择来世。免费进入"。

那我当然要进去了。你会怎么做呢，你关注的不是过去吗？话说回来，对于一个暗地里在想着明天的人来说，这算是个虚伪的目标，因为过去留给他的只有苦涩。未来，未来啊！这就是我们的文化，完全建构在我们将会变成什么样的人这个命题基础上，包括《福音书》也不例外（我并没有不敬神的意思），它说将来我们都会进入天国，你看，说的是"将来"，总之都是些以后的事情，因为过去已经是个灾难无法改变，而我们又永远不满足于当下。真的，没有任何东西能让我们满足，就算你发现了五月盛开的金雀花①也无济于事，而我的话就算看见了也会选择视而不见，一般所有人都会这样，直到最后坠入不能挽回的忧伤之中，那里就是最后埋葬我们这种人的地方。

关于你阴道的记忆（请原谅我对你身体部位的执着）突然浮现在我眼前，不知道这样说妥不妥当，也许有渎神的嫌疑，这一点我不会否认，即便这里已经被废弃，也终究是个神圣的地方。和卡赞扎基斯恰恰相反，

---

① 金雀花的花期是五月至八月，但五月盛开也属于罕见。

我知道自己是不自由的。而且，我是受困于自我的囚徒。尤其是我现在已经不年轻了，至少没有当初认识你的时候那么年轻。不过我觉得自己想明白了很多事情，比过去要多得多。其实就是一些奇怪的联想：比如你的那个裂缝不仅仅是一个我想重新进入的旋涡，而且还因为那是个难以言说的极乐之地（道理简单明了），还是一条回到遗忘之地的道路。按天才画家们的话说，就是回到世界本源的道路，来啊来啊，来到本源的本源，回到单原子的本质，或者回到细菌状态，回到氨基酸，回到创世之初，氨基酸在这里就是个至高的比喻。真是个混蛋，对吧?

　　有时候，还会出现一些不属于我们语言的奇思怪想，对此你并不感到奇怪。或者会想起来一些词，有时世界就像是用一些相同的词组成的，但在使用这些词时，每个人想要表达的意思其实大相径庭。比如anthropos^① 这个词，似乎对于我们每个人来说表达的

---

① 希腊语，意为人类。

都是相同的意思，然而每个人想说的其实都不一样。即便耐心如卡尔·林奈[1]也无法将它的词义全部罗列出来。再说回到我，一个独身男人，一个无聊到可笑的例子，如今的报纸、户籍部门、市政府和行政机关都用起了 single[2] 这个词。但是在我的这个案例中，独身其实相当于我们过去说的孤独。最纯粹的那种孤独，一如我周遭的景象，那是黑莓以及山上的金雀花和柏树组成的孤独。所以，我敲响了教堂的小门，拉了拉门把手。一般来说，在这个时候开门的可能是某个年龄不详的妇人，最好是英国的，灰色头发，可能还戴着纱丽，因为她曾经在印度居住过，苦修过的东方哲学让她知道如何应付来世。

然而给我开门的是一个看上去有点儿粗笨的小老太太，她戴着一条头巾，嘴唇上方长着一撮绒毛，呆滞的眼神和略显迟钝的表情看上去有些痴呆，但又显露出

---

[1] 卡尔·林奈，18 世纪瑞典植物学家、动物学家，现代生物分类学之父。
[2] Single，英语，意为单身。

一丝狡猾，她说："请进，您请坐在这里，有一把椅子在等您。"她的原话就是这样，"有一把椅子在等您"。就这样我进入了一个狭小的房间，这里原是个圣器收藏室，有一扇铁棂小窗，窗下只有一个讲经台和一把椅子，椅子和梵高的那把一模一样。我没有在耍你，你就想象一把完全按照画上复刻出来的椅子，不过眼前的这把椅子又旧又歪，不可能是原样复制的，当然也更不可能是梵高亲自来过，因为那把椅子属于一个普罗旺斯疯子的房间，梵高在那里的一家咖啡馆里常住，阿尔勒当地人在那里打台球，输的人就会被送进疯人院，像梵高画里的那样穿着条纹服来回地绕圈走。我坐到了椅子上，像个被关了禁闭的人。在我面前，除了那个也可以客串茶几的讲经台之外空无一物。有一台很违和的电话时不时地响上两声，但老太太并没有要接的意思。透过那扇朝向杂草丛生的小广场的铁棂窗，一束阳光照射进来，从我的肩膀上方经过落在了我面前的那面墙上，墙上挂着一张宇宙全图。真的有宇宙全图吗？当然没有。不过确实有人想要给我们所在的宇宙绘制一幅。据说，我们的宇宙在膨胀中，至少目前确实如此，将来就能看明白这一点。图下面写着一句我知道的十一音节诗，"不过为了追寻美德和知识"，我很奇怪为什么没用英文来写，有的时候现代性就是会开这种糟糕的玩笑。你想想我的美德能有哪些呢？思忖半天，好像真的没有。知识也是没有的，尽管我自认为知道些东西。我置身于绝对的黑暗之中，至少在过去是这样。一切像沙子一样从指缝间溜走，请原谅我用了这个烂俗的比喻，但是那一刻我真的明白了：因为过去本身也是由一个个时刻组成的，每一个时刻都像是一个溜走的细小沙砾，你可以抓住其中的一粒，但无法把它们全都聚拢在一起。总之：逻辑是没有的，我的卡拉。即便只是假设而已，未来对我来说都是模糊的。真的是一片模糊，就好像电视上一个文质彬彬的人预报天气节目里的云图上画的那样。

我就这样入局了。不再有对深层自我的探究，不再像我们灵魂的潜水员希望的那样，在意识的迷宫里探索。把注意力集中在隐秘的记忆上，那些记忆曾经在过去带给我们快乐，如今我们还想在未来延续，当然前提是如果真的存在这种记忆的话。就是这样而已，干脆利索。我本来想过，如果能早点认识你就好了，这可能是我最隐秘的愿望。因为在那里，梦想和欲望重叠了，合二为一，对于那些空泛地幻想着细胞和染色体不会灰飞烟灭、甚至可能会有来世的人来说，确实是这样的。

老太太回答：看情况吧。不好意思我漏掉了一段，我忘记告诉你，这个黑衣老太太像一支被人遗忘的巴松管一样缩在房间的一角，对于我提出的"来世是否取决于我的愿望"这个问题，她的回答是：看情况吧。看什么情况？我反问。她就像看穿一切的人一样笑了笑，挥了挥手，好像在说，你走吧，以后你就会明白的。她小声说：要看你刚才跨过这个门槛时是怎样被想的，我的孩子。

当时的情况真的太荒谬了，你肯定也会这么觉得。在这个地方，一个废弃的圣器收藏室里，一个嘴唇上方长着绒毛的黑衣老太太秘书就那么厚颜无耻地看着我。我被激怒了，主要是生自己的气，就像是你误打误撞碰上了什么荒唐事，而且你也意识到有多荒唐时一样，你会想要快点脱身，因为你知道，你越想正面交锋掌控局势，情况就会变得越荒唐，最后你会难以脱身。我马上就意识到了这一点，但我却像个傻瓜一样反问道：您别着急，老太太，如果我在完全清醒的状态下，看到这个门上写着"来世"还决定进来的话，我愿意怎么想就怎么想，对吗？老太太又狡黠地笑了笑，用食指轻轻地碰了一下额头，什么话都没有再说。我想开口，有时候怒火会神奇地让我们变得冷静，我试图向她解释说，在我严格按照你们的规定，先迈右腿再迈左腿（我忘了告诉你，趁着这一会儿的工夫，我把贴在讲经台上的一个告示草草地读了一遍，那是张打印的纸，上面写着"基本技术建议"）跨过那个门槛的时候，我想什么是我的自由，是不是，我的好老太太？老太太张开了双臂，将一只手指向高处，手指活动着，就好像在模拟风的运动。思想是长着翅膀的，她带着讽刺的笑容说，我的孩子，思想是长翅膀的，你以为是你想它，但是突然，就像风一样，它就从不知道哪里过来了，你以为是你在想它，其实是它在想你，你只是被想的。她又向我做了一遍离开的手势，就看我有没有胆量了。这次真的是一个挑战，我懂了。

确实是个挑战，请相信我，因为我不愿意放弃那个荒唐的挑战，在那个荒唐的地方，和那个荒唐的老太太一起。当然，她那点蒙乡下人的鬼把戏，那个上面明码标着转世价格的俗气盒子（就是个盖着红布的农村匣子，不用想了）是绝对骗不了我的。在人生的那个时刻，我并不是不想拥有来世，不过如果我需要配合这场荒唐哑剧的话，那还是算了吧。不过我还是把转世的钱放进了那个盖着红布的匣子里，抓着上面写着"来世"的门把手，像告示上要求的那样闭上眼睛，把右腿跨过门槛，紧接着抬起左腿，继而把左脚和右脚并拢在一起。然后我听到：晚安。那是蓝色德尔菲诺家的老板娘，我做了普罗旺斯式青蛙，波尔多葡萄酒也不错，地窖里就剩这最后一瓶七年陈酿了，可是我做了一下午的青蛙总不能用瓶新酒配吧，你说是不是。你让我选座位，这也是我们的惯例，而且那天晚上餐馆很空：只有两对在旺季前到来的夫妇，他们可能是英国人。我选了落地窗边角落里的一个位置，右边是辽阔的大海，左边是灯塔。今天晚上她也喝了，你小声地对我说，太可惜了，她这大好年华，都糟蹋了。你先去了解一下她这一辈子受了多少苦，我回答，生活不是写在人脸上的，笑脸相迎并不能说明什么。海浪凶猛。有时候就是这样，那个小海湾突然间就会变得波涛汹涌，没有任何气象原因能够解释这种现象，比如今晚就明明没什么风。话说回来，那道普罗旺斯式青蛙真是美味极了。你那天也喝得多了些。"这就真是让人欲罢不能啊。"你说。酒瓶标签上画着一座圆滚滚的塔，大字写着"1975年，波尔多波亚克葡萄园拉图尔酒庄"，这些你肯定是不记得了。但我却记得，我每转一圈，它就会出现在眼前，你以后会明白这是怎么一回事。离开的时候你很高兴，还让我唱一首关于大海的歌。我选了夏勒·特雷内[1]，虽然他歌里的大海一向平静，你对我说：这首歌真

---

[1] 夏勒·特雷内，20世纪法国歌手。

好听。我开始下山，慢慢地朝着我亮着一盏灯的住处前进。

　　每当人生来到某个节点时，我都会在那条路上义无反顾地越走越远。无论过去还是将来都是如此。而那天晚上，或者说这一天晚上，回到住处之后你对我说：我感觉不舒服，有点儿冷，我在你身上盖了一条毛呢披肩，你就在沙发上沉沉睡去了，而我站在窗前抽烟，想着我的死者们，听着大海带来他们的声音。之后的第二天，我做了第二天做的事情，你也一样，之后的一个月，我又做了之后一个月做的事情，就这样，一个又一个月过去了。直到那一天，我告诉你一切都结束了，但我没有亲口说出来。那时曾经有那么一个时刻，是长是短我记不清楚了（这并不重要），转世灵媒们管它叫收缩，因为随着循环的快速变小又变大，一切都会重新开始。我现在明白，那是一个无法回避的停滞，因为在我的整个旅程中，在我收缩期间，缺少了我开车在小教堂边停下的那一段。你要知道，对于进入循环的人来说，那是个无法重温的时刻（他们管它叫"真空"），在那一

36

刻你不知道自己是谁，在哪里，又为什么在那里。就像是一段音乐戛然而止，所有乐器突然沉默了，他们认为，在那一刻，你和人生的无意义达成了和解，所以为什么要重复这一刻呢？没有任何意义。

当我重新进入循环的时候，唯一会给我留下的就是重新进入循环的那些时刻：可以是我们相处的第一天、第二天、最后一天，也可以是随便哪个晚上。如此往复，无穷无尽。比如此刻，我正在一个农舍空地的一棵扁桃树下停了下来，那是八月末的一个晚上，你倚门而立，因为你知道我来了，就像一个等了太久的人一样，你平静地向我走来，我确实回来了，附近的村子传来了鼓声和手风琴声，他们在演奏《樱桃、玫瑰和春天》，他们在搞什么？我问你。村子里在聚会，你回答说，你知道吗，圣洛伦佐节那天晚上，我曾经对着流星许愿说让你早点回来，你要留下来吃晚饭吗？我自然而然地留下来吃了晚饭，你做了番茄酿，里面还放了葡萄架下的紫茉莉旁长着的百里香。对于你来说，一切都很正常，因为这些只是发生在那个时刻而已，我们俩穿过农舍前的那块珍贵的草坪，耳朵里传来《樱桃、玫瑰和春天》的音乐声，然后你对我说：圣洛伦佐节那天晚上，我曾经对着流星许愿说让你早点回来，你要留下来吃晚饭吗？

粗略一算的话，当我毫无来由地重新进入那个克里特岛上的农舍，等着明天重新开始新的循环时，你应该快是个老太太了，如果我没有跨过那个脆弱的门槛的话，我也会是一样的老。因为生命（我是说你的生命）是讲逻辑的，会循着正确的节奏进行。你可能会有一个不为人知的老情人，会有儿孙满堂，他们也属于生命的轨道，虽然你头发灰白，但放在如今，这只是个发型师就能解决的问题。很有可能的是，你已经接受了你所属的那个维度里时间赋予人类的生老病死。当然了，就在和每个年龄进行的痛苦缠斗中，你肯定已经明白，那种你曾经追求的流浪生活并不是为你而存在的，它只是个伪命题而已。因为不管怎样，平静总能战胜躁动。不过假如放在你身上的话，可能就不是这么回事了，因为我了解真正的你，在你的本性里，没有两腿间夹着满筐的毛线球，没有会被评论家指点的诗作，也没有拉大提琴的儿孙：那另外的一个你是真实的，我们没有办法同时选择两条路。但是就像已经发生的那样，时间还是照常流淌着：现在是晚餐时分，一群正确的人，在正确的时间、正确的地点和你围坐在一起，因为这才是时间、人生和语言的正确的节奏。

我则恰恰相反，我在一个碎裂的时间里跟你写着信。全都碎了，我的卡拉，碎片从这里飞到那里，如果没有真正身处这个人会走到恶心呆滞的循环，甚至到了某个点会突然出现一个出口的话，我是不可能抓住这些碎片的。但那不是通往来世的出口，迎接我们的还是此生。这正是因为，当我跟你说话的时候，我没有在来世，而是在此生，我仅仅是身处一个和你不同的轨道里而已。否则的话，出去就简单得多了，你只需要把眼前的生活当成另一个维度来过，顶级的思想家们在解决这个问题的时候，也正是用了这种艺术又巧妙的方法。不，根本就不是这个问题。其实轨道本身既是此生也是来生的，我能看得见你的轨道，而且，我想什么时候进入都可以，但是你无法进入我的轨道。无论你需不需要和我在一起、知不知道我也在，我都可以在那里，因为你的轨道只有一个，并且无法循环，而我的轨道和你的同步，而且还会一直永续下去。之前我提到的那声嘲讽就是这样的，出口只有在我的当下——也就是那个我既在又不在的地方打开：维度被打乱了，记忆变成了现实，现实中的我和另一个我互换了位置，我眼前的现在变成了虚拟的，我像是用一个拿反了的望远镜打量着它，等着在最后时刻进入，当那个终点到来时，我们本来可以回顾自己的一生，可我却注定要一直循环往复下去。在那一刻里，我可以像溺水者一样挣扎，然后说句晚安。你知道吗，我觉得当我从这种像熵一样无序的时间循环中解脱的时候，甚至不会发生什么爆炸，然而宇宙中大量压缩的能量就会爆炸，还会产生新的恒星。而且据某些疯子哲学家说，需要在我们内部注入额外的混乱，才能让一颗跳舞的星星诞生。他还说什么星星！只需要 一个小孔，那些平时感知不到的能量就会迸发出来，就像是天然气管道上出现了一个裂缝，嘶……

嘶……嘶……，只瞬间，一切都结束了，变成了一个不起眼的气泡、一种废料、一种什么都不是的东西，就像是时间放了一个屁。因此，我在这里向你致以一个收不到的问候，就像是那些明明知道没有什么河岸，但还是从河的一边向另一边打手势的人一样。真的，相信我，没有河岸，只有河，之前我们确实都不知道，但真的只有河，我想要大叫着警告你：小心啊，只有河而已！我现在才知道，真是愚蠢啊，我们以前竟然在担心什么并不存在的河岸，事实上有的只是河而已。不过为时已晚，就算告诉你又有什么用呢？

被禁忌的游戏

女士，我亲爱的朋友：

　　事情如何发展，在其中主导的又是什么？什么都没有。这是我读到的一句话，它引起了我的思考。而且话说回来，我们到底是在寻找，还是在被寻找呢？这个问题也值得仔细斟酌。比如有那么一个人，他在晚上到处游荡着，走遍了大街小巷，出入咖啡馆，就只是漫无目的地游荡着，就像我失眠时那样。要说以前的话毕竟还有波比，给它拴上链子后我们就出门散步了，遛狗只是个借口而已。现在它死了，连那个借口也没了。我毫无逻辑地逛来逛去，在小饭店里一直待到关门，然后起身再出发。我的医生告诉我：您是抑郁症的典型病例。

可丢勒[①]画里的抑郁症患者都是坐着不动的，我提出了反对意见，要想得抑郁症的话得有把椅子才行。您的抑郁症不太一样，他下了这样的判决，那是一种运动的抑郁症。他建议我进行一些运动练习。

比如昨天我就朝着奥尔良门[②]的方向走了。我并不是有意为之，只是恰巧走到了那里而已。拉斯拜尔大道[③]两旁的路灯将树叶照得格外金黄，当时刚入十月。我想起了这样一句诗：叶子当下的黄。当下，也就是说是现在，而不是接下来。是正在过去的这一刻。然后我又想到了时间，以及我在其中的徜徉。我的脚步很轻快，走在一条设计好的路线上，不过当时我还没有察觉到这一点。等过了勒克莱尔将军大道[④]之后，我才反应过来，因为在二手店和越南餐馆之间过去有一家裁缝铺。我在那里做了一身出席克里斯汀婚礼要穿的礼

---

① 丢勒，德国画家、版画家。
② 奥尔良门，巴黎地名。
③ 拉斯拜尔大道，巴黎街道名。
④ 勒克莱尔将军大道，巴黎街道名。

服。我当时身无分文，或者说穷得叮当响，老裁缝是犹太人，他的店就在我回家的路上，我敲门进去，里面有很多划算的布料，我做的那身衣服也可以说是经济实惠。就这样，来到这家已经消失的店前的时候，我意识到自己已经不自觉地来到了卓丹大道，甚至大学城也已经近在眼前。在那段时间，我就会这样走着回去，而且往往是在深夜，因为地铁收班很早，而我一直呆在圣日耳曼区[①]的一家小电影院，看一些诸如《黄金时代》和《一条安达鲁狗》的电影。我对先锋派很痴迷，单是想想他们的革命性就让人神魂颠倒。当然我是说在美学层面上。沿着卓丹大道[②]前进，在离大学城的一个入口不远的地方，有一家那段时间我经常去的咖啡馆。去的时候我会带上一群日本学生，当时我们刚刚成为朋友，有那么一段时间我曾不得不在日本会馆落脚，因为我们国家自己的会馆当时正在装修改造。在他们之中，我尤其

---

① 圣日耳曼区，巴黎街区名。
② 卓丹大道，巴黎街道名。

喜欢一个女生和一个男生，女生学医，想要专攻热带疾病，但同时又梦想着能成为歌剧演员，所以当时正在跟一个住在玛莱区①的老男高音上课。她最为钟爱的是普契尼，有时候还会跟我们演唱《蝴蝶夫人》的选段。那是一个冬日，我们在咖啡馆户外的茶几旁围坐，她唱着"晴朗的一天，我们看见一缕烟尘升起"，白色的雾气从她嘴里冒了出来。我说那就像普契尼音乐的音符。她叫敦子。我们的男生朋友会写俳句和诗，高兴的时候他会给我们朗诵自己的作品。我记得其中一首是这样写的：

叶子落在十月的风中轻轻摇曳。

沉重的是那个过往

夏日的时光。

我们坐在那个咖啡馆里，一边喝着西柚汁，一边

---

① 玛莱区，巴黎街区名。

幻想着世界其他地方会是什么样子。那天早上在索邦大学，一个名字已经被我们遗失在记忆迷宫中的老哲学教授在聊悔恨和怀旧的话题。当时的我们并不知道那是什么，不过我们还是被吸引了，就像听到了我们幻想中的、位于生命之海另一头且永远无法到达的遥远世界一样。不过最终我们还是到了。

昨天晚上，我散步来到了原来的那家咖啡馆。它还是老样子，里面坐着和我那时候一样的年轻人，大学城里就是会有这些会结伴学习到凌晨三点咖啡馆关门的学生们。他们的穿着当然发生了变化，听的音乐也和我们那时候不一样。但是他们的面孔没有变，还是同样的眼睛、同样的眼神。那种投币听奥奈特·科尔曼 [1]、*Petite fleur* 和 *Une valse à mille temps* 的点唱机已经没有了，取而代之的是播放着当下流行音乐的盒带录音机：主要是一些美国音乐。新店主在冰箱旁边收拾出来了一个架子，学生们可以自选上面摆放的磁带，插入设

---

[1] 奥奈特·科尔曼，美国音乐家。

备里播放。放录音机的桌子上放了一张纸条，上面写着：自助服务。放在桌子第二层的另一张纸条上用英法双语写着：世界音乐，那里放着各国学生们从本国带来的或是从家人那里收到的磁带。你可以听到非洲仪式舞曲、印度拉格音乐、安纳托利亚的弦乐器、艺伎的悲叹，以及各种民族的人表达他们情感的方式。按照纸条上的指示，最下面一层是怀旧区，那些都是我们这些战后一代年轻时的音乐，比如《逃兵》（*Le déserteur*）、《这就是人生活的方式吗？》（*Est-ce ainsi que les hommes vivent?*），总之就是些圣日耳曼区一带的流行风格：戴着红黑色围巾的女人、咖啡馆里的存在主义，以及鲍里斯·维昂[1]和雷奥·费雷[2]的音乐无政府主义等等。我想：音乐至上。接着我大声重复了一遍这四个字。这让我想起了您，女士。也就是你。有些话我不能随便说，因为话语即事物。现如今，在活到这个岁数、经历了这一切

---

[1] 鲍里斯·维昂，20 世纪法国小说家。
[2] 雷奥·费雷，20 世纪法国歌手。

之后，我应该明白这一点了。但我还是说了，根本没有想该不该说这回事。而女士您，您出现在了普罗旺斯的一个阳台上，您记得吗？我相信您肯定也想起来了，只不过视角有所不同，因为我是从下往上仰视您，您是从上往下俯视。我们非得美化、歪曲记忆吗？记忆它就在那里，那应该是一个六月，温暖和煦，一如普罗旺斯的六月该有的样子。可能我当时正在穿过一片薰衣草田，那片田地尽头的一座灰色的石头房子被一棵扁桃树拱卫着。在扁桃树下，按照中国哲学的说法，有时可以睹物思人。我说的有点乱吗？好吧，是有点乱。不过您也知道的，女士，一切都是混乱的。我只是想把这种混乱整理得稍微更能说得过去一些。说得过去就意味着要歪曲，有时候这也是一种无奈之举。因此还请您包涵我一下。所以，您还是出现在了那个阳台上。您当时一丝不挂，关于这一点，如果说您想不起来的话那是不可能的，尤其是在此刻、此处，在这所有的一切发生之后更是不可能的了。您明白吧？您当然明白了。我们的交媾正是发生在那外面，在扁桃树下的薰衣草田里进行的。

有一辆拖拉机经过吗？可能吧，不过不是收割机那种。我们长久地拥抱在一起，停在那里一动不动，然后我将种子撒在了薰衣草中间。我用一朵沾着唾液的薰衣草花擦拭了你那最隐秘的紫罗兰。您觉得恶心吗？还是仅仅觉得是种恶趣味而已呢？不要紧，我不仅做了噩梦，还能看见明朗的画面，享受愉悦的射精，真棒，太棒了。有时候，窗户是没有窗格的，外面的视野也比实际的要更大一些。那是我头脑里的窗户。我什么都不想扔掉，这些是绝对不能被毁掉的。我该停下来了吗？也许。可能吧。谁知道呢。有人说，一切都溜走，什么都没留下。但穷酸诗人们非要附会，说这句话出自一位犹太拉比之口：是的孩子，你确实交合了，但那是在另一个国家发生的，而且那个女人现在已经死了。

正当我思考着所有这一切的这个瞬间，亲爱的朋友，发生了一个悲惨的奇迹，就是那种人生中经常会不期而至的奇迹，让我们得以对未来会发生什么以及已经发生了什么进行猜想。这是个需要马上领会的启示，就像是无用的女巫做出的死后预言一样。看，一个男孩起身离开了茶几。我看着他。他又矮又壮，头发上打着发胶，正宗的法国身材。我想他肯定是奥弗涅[①]人，就算他不是也不要紧。他朝录音机走去，往里塞进了一盘磁带。然后德内[②]尖厉、催泪、让人融化的声音就传了出来：*Que reste-t-il de nos amours, que reste-t-il de nos beaux jours, une photo, vielle photo de ma jeunesse.*[③] 此时我才发现，面前的桌子上用透明胶粘着一张卡片，上面写着"被禁忌的游戏"，就像是进行一个等待了多年的仪式一样，我小心翼翼地打开了它。里面有一张一个裸女站在阳台上的照片。但那个女人不是您，我亲爱的朋友，不过也是您，因为那是伊莎贝尔，而您也是伊莎贝尔，我亲爱的朋友，您是知道的。照片的背面有一个小巧工整的签名，我能辨认出来，这封信是写信人写给自己的，同时也是写给我，写给您的，在来到巴黎郊区咖啡馆的这张桌上之前，谁知道这封没有漂流瓶的信曾经

---

① 奥弗涅，法国地区名。
② 德内，法国的国民歌王，20世纪二三十年代香颂的代表人物。
③ 法语，我们的爱情剩下的，我们美好的日子剩下的，一张照片，一张老照片。

到过世界的哪些角落。我知道自己需要化身成为一名胸科大夫，打开胸腔，可能是我的，也可能是您的吧，我不知道，但是从里面取出的不是主动脉、血管或是海绵体，而是另一种绝对不是由细胞组成的有机物，在它所在的地方，生命和写作绝对不会相遇，传记和文学也不会，只不过这种文学是一种超级玛德琳蛋糕，不是话语的形式（那就太简单了），不是以兆赫为载体，也不是由符号构成的（肯定的），只是一种简单的现场讲述，也就是说，在说出口的一刻它就消失了，就像影像按下快门的一瞬间就死了那样。

不，我亲爱的朋友，这不是什么普罗旺斯诗人的信号，也不是厌食症哲学家的不可言说之物，更不是在这个正在腐坏的新千年里，将自己的才华和想象力浪费在编写叙事学教材上的个别作家想要留给子孙后代的那种轻佻，当然前提是他们真的有后代的话。绝对不是这些，您肯定能明白。它们是云，亲爱的朋友，当然我是指现代意义上的云。即便他们像在橄榄上插牙签一样在上面插了一把小旗，云还是逐渐遮蔽了月亮、远离了我们。因为天空变得越来越低。*Avec un ciel si gris qu'un canal s'est pendu*, [①]这也是怀旧区的歌，但是如果运河能上吊而死的话，蛀虫们却是绝对不会的，它们只会把我们逼得无路可逃。拜托您，不要再把我的这些胡言乱语当成诗去解读了，如果真要解读的话，就用存在主义的方式。不，要用现—象—学的方式。因为诗人总会被人重读，其他的都是云。凶猛的、明显的、政治正确、整形外科、犬儒主义。如果不够的话，还有所有的各种"学"，所有能想到的"学"。悔过之后再悔过一遍，反正膝下的玉米已经没有用了，请给我一杯带奶泡的热"我的错"。很无聊，相信我女士。然后是科学。多亏了科学，那些剪刀们能大叫着属于他们自己的"Eureka[②]"：广岛！我的小蘑菇！为了幸存者们、烧伤、不可逆基因变异、各种肿瘤，我亲爱的朋友。然后还有很多很多蛀虫。还有雪崩一样蜂拥而至的

---

① 法语，天空是如此灰暗，就连运河都被绞死了。
② 希腊语，我找到了。传说古希腊数学家阿基米德曾经在浴缸中灵感闪现，于是兴奋地跑到大街上大叫"Eureka"。

pisciafreddi①。让我总结一下：齐克隆 B，放射性和铁丝网，行家们会这么说。这可不是什么蔬菜汤，您觉得呢？还有就是，轻佻！就像奥林匹亚平原上赤脚奔跑着的标枪选手。啊呀，多么优雅。或者说生活，那个窗边的白衣人推崇的那种生活（这个故事里怎么这么多阳台和窗户啊，您注意到了吗，女士？）。是啊，不过是谁的生活呢？精心设计完之后呢？如果我们只是在薰衣草间撒撒种子的话，不也是一种设计、一种解决方案吗？你可以认为它是有双重意义的，一个像我这样的人会将自己比喻成的那种东西，比如写作的意义。而您呢，我的朋友，在结交了这么多蹩脚作家、还觉得您是他们的帮手（或者他们是您的帮手）之后，谁知道您能不能知道该怎样写故事，理解什么是叙事结构，明白那些您自以为是文学的东西呢？我们到底是自叙述者，还是异故事叙述者呢？这个棘手的问题真得好好解决一下了。总之就是，什么是小说，在这封没有漂流瓶的信里，我简

---

① 意大利语，屈从于集权和民粹，无法坚持政治信念的人。

单地说了一下关于这个问题的看法，算是试着写了一篇小说吧，拿一张白纸出来您也能做得到，就像是玩打发时间的填字游戏一样。

我现在要往回倒一点。我现在已经从咖啡馆出去，来到了巴黎寒冷的空气中。朝阳（并不是灰色的）照亮了大学城的各个花园。我很惊讶，或者说迷惑，手里拿着那封不在漂流瓶里发现的信，现在我把信的内容抄写给您：

　　　　如果你比赛赢了的话该多好。夏天的时候，你会在老房的院子里踢球，你还记得吗？或者是在春末的时候，周围全是绿色，你记得吗？市中心的喷泉是铸铁的，也是那种绿色，还有一个上面刻着字的黄铜水龙头：老铸造厂。一个水瓶、一个阳台上的女人，如果可以的话她肯定愿意和你说话，但那是个永恒的画面，而永恒是不会开口的。你像其他人一样浑然不觉地经过那里。你经过了什么但你不知道是什么。你就这样一步一步地，朝别处走去。肯定有别的地方，你当时想。但真的是这样吗？在别处你也成了外国人。云，那些不断变化着形状的云在天上游荡着，连个指南针都没有。北极星、南十字星。来吧，我们跟着云走。我们跟云来场比赛，接受它们的挑战，这游戏是怎么玩的呢？雨云、卷积云和积云是对方队伍里的选手。第一个对手来了。和他对决将会很艰苦。啊，你用剑来了一个回旋。声名显赫的骑士加入了对决：你的勇气无可匹敌，你的勇猛举世无双，你捍卫尊贵信念时的大无畏受到世人的颂扬。凶猛的雨云发出了雷电，你一剑斩断了它的双腿。能钻进任何空间的圆形卷积云像皮球一样被你玩弄于股掌之间。就连无比残暴、能用白色遮蔽一切的大积云也落荒而逃，不见了踪影。尊贵的骑士，多么伟大的战斗！你竟然连盔甲都没穿。然后你就走了，去往别处，脆弱但强大，却还是像岩石一样坚定，而又处于不稳定的平衡之中。你穿过分叉的小路，走过圣地亚哥朝圣之路，来到从未有人涉足的海域，你摇摇晃晃的石头变轻了，你是没有瑕疵、毫无畏惧的骑士，全世界都畏惧你，五岳四海都属于你。

旅程在这里戛然而止，归途开始了。

如果你比赛赢了的话该多好，那个盲吉普赛人说。不过我，我不会歌唱未来，不用慌张。以下是今天早报上的内容：一个著名演员不乏炫耀地说自己老了；还有匿名信写道，即便祖国辜负了我们，我们也要赞美它，热爱它；如果答对了大奖赛最难的那道题，你就能威震全场，成为所有人以及你自己的英雄，赢得28个积分以及一趟桑给巴尔之旅；另外，本周天王星会带来积极的影响，你会一反常态变得谨慎，不让自己陷入没有希望的幻想之中。如果你想了解自己星座的运势，

我就把报纸便宜卖给你，那份星座运势已经
过时了，从后往前，你能一直读到你还在破
房子的院子里踢球那个时候的运势。那是个
夏天，你还记得吗？车站长椅上，一个被孩
子遗忘的皮球滚来滚去，阳台上的那个裸女
关上了窗户。

　　我亲爱的朋友，我想把您约到另一个咖啡馆，在
这家错误的咖啡馆里，我们白白等了对方太久。但我不
知道哪里有这样一家咖啡馆。我害怕它的名字就是简单
的"咖啡馆"三个字，外观一成不变，而且还是那种不
会给你把咖啡端上桌的柏拉图式咖啡馆。是的，没有人
能把我们从我们过往的生活中抽离出来，尤其如果我们
找寻的是一些不为人知的细节的话。不过我不明白的
是：为什么我们对它如此执着？也许我们是想在其中找
到沉思诗人阿里斯蒂德·杜邦式 ① 的跨行，就是那位皮

---

① Aristide Dupont（1870-1901），法国诗人。——编者注

卡第语①诗歌无畏的传承人？有多远就滚多远！跨着跨着，我们就像公务员一样光荣退休了。另外，就像名言里常说的那样，我们被恩赐的时间——也就是生命，已经过去了，上世纪我们就已经来到后现代了。说到这里，关于跟你讲述的那个晚上，我想给它配上一首我觉得很应景的歌，它的副歌部分是这样唱的："我的舞伴，你要和那个小白脸去哪里，多年前跳的爪哇舞已经跳完了。"可惜磁带我没带在身上，店主也准备关门打烊了，乐队也开始收拾乐器。我就给你清唱吧，就像过去那样。

永别了我亲爱的朋友，也许能在来世相会，但我们肯定已经不再是我们。因为我们知道，如果该发生的都已经发生过了的话，那"存在"游戏就会被禁忌。也正是这个微不足道又无法逾越的被禁忌的游戏给予我们当下。

---

① Piccardia，法国北部地区使用这种语言。——编者注

血液循环

我无比热爱的血红蛋白：

　　想要完美模仿月亮的话，大出血是少不了的，也就是来一次彻底完整的放血。这句格言是古人留下来的，他们把月亮的苍白归因于贫血。据前苏格拉底时代的一份文献片段记载，只有白淋巴是自循环的，也就是说它是一种冷物质。正是从这里开始，才有了后来的冥府女王普洛塞庇娜①，以及从生死衍生出来的种种话题。也就是苍白和色彩、光和影、声音和安静。因为月亮是安静的，silenziosa 没有双元音 ii，据知道的人说，那

————————

① Proserpina，又译普罗塞耳皮娜，是罗马神话中普路托的妻子，冥府女王，对应希腊神话里的珀耳塞福涅。

个缺失的 i 是一个又长又忧郁的符号，就像一个几乎要让人打冷战的哀鸣。

我无比热爱的血红蛋白，能和您谈月亮真是我的荣幸。您不仅是负责身体的外科大夫，还是我血液的主治医生，让我的心脏得以跳动，让我有脉搏可以为您写下这封信，因为您爱着我，或者说过去爱我，也因为我爱着您，或者说过去爱您，只有和您，我才能谈论些血液循环的问题。说到血液疗法，您对白细胞肯定也很熟悉，所以不仅仅有在激情时刻燃烧我们面颊的红色，还有当月光女神忧郁的眼神扫过时我们的眉头上会出现的苍白都与之有关。永恒真正地画在她的脸上，因为每个人都不一定能有明天，这是古波斯人的教诲。所以让我们在月光下开怀畅饮吧，也许我们应该叫它甜美的月亮，因为它会发光很长时间，而我们不会再相遇。

您知道吗，曾经我做了一次头部检查。让我最终下定决心的是一条过于勤奋的动脉，它输送出过量的血液进入我的大脑，我感到难受，其实是一种可怕的痛苦。医生一边用一个像鼠标的东西扫过我的脖子、后颈和鬓角，一边看着面前的显示器，从我所在的位置也能瞄到两眼。在屏幕上，我能清楚地看到一些医学还不知道的东西，我看到了月亮引发的潮汐，我们的大脑处于暴风骤雨时汹涌的波浪，北方来的冷风和南方来的热风，颅骨里刮着的西洛可风①，我甚至能闻到头痛时脑中波浪的咸味从鬓角一直流到嘴里，那种味道尝起来就像失去的童年，像是充斥着烦恼和无用的爱的青春期，像之后那些得过且过的日子，得过且过就是指过得毫无知觉，因为你自己如果不能为生活赋予意义的话，得过且过就意味着没有知觉。但是，能净化一切的大雨到底什么时候落下？而你，闪电，又会什么时候降下？啊，这就很难说了，我无比热爱的血红细胞。只能调节血液循环，别无他法。那怎样才能在血液循环中不迷失呢，我亲爱的，温柔的，我无比热爱的血红细胞？安德莱亚·齐萨尔皮诺②，您比我更了解这个人，他在十六世

① 西洛可风，地中海地区一种源于撒哈拉沙漠的干热风。
② Andrea Cesalpino，医药学家、植物学家、哲学家。塞萨尔皮诺在比萨学习哲学和医学，并于 1551 年获得博士学位。四年后他接替他的老师卢卡、吉尼（Luco Ghini）成为医学教授和比萨植物园主任。——编者注

纪中叶发现了血液循环的运动方式。他写的《循环问题》一书您肯定听说过：血管只有在相互连通的情况下才会胀满血，否则绝对不会。这就像生活一样：一切都是在表象之下暗流汹涌着。齐萨尔皮诺当时在比萨大学任教，就是那个饱受抑郁症和登革热困扰，为了御寒躲在两个床垫中间睡觉的疯子[1]所钟爱的城市。虽然可能没读过齐萨尔皮诺的作品，但他正是在这座城市明白了对方的想法，也就是说，是血管将血液带往心脏，这和盖伦[2]和其他古人的观点恰恰相反。正是出于这个原因，在那座城市里，那个疯子的心脏才结束了漫长的沉寂，重新跳动了起来，仄费罗斯[3]让病患重现生机，诗人使那些广为人知的幻觉又一次活跃了起来。不过当幻觉不能再生的时候，那是一个昏暗的清晨，你的窗下人和车开始来来往往，黑夜逐渐变成了白天，道路因为雨水而闪光。月亮仍旧挂在窗外，并不是因为不想落下，它可

---

① 此处指的是意大利诗人贾科莫·莱奥帕尔迪。
② 盖伦，古希腊医学家。
③ 仄费罗斯，古希腊神话里的西风神。

能只是刚刚升起。现在看来，是时候找到一个方案来确保心脏——这个齐萨尔皮诺认为的生命总泵的东西，将放下一点点傲慢。这就要好好研究一下血液循环了。尽管看上去无关紧要，还是把玫瑰花瓣撒在一块一块的白色石灰石地板上：噗，噗，可能说 cloffete，cloppete 更准确一些，因为患病的喷泉的眼泪也是红色的。[①] 啊，太多的文学充斥在这个世界上、生命里，滚开！让我们专注于科学，它肯定是可靠的，连一毫米都不会错，科学是一门精确的学科，不会像文学那么含糊不定。比如说，科学里的喷泉就和言语描述的喷泉不一样，它严格遵循液压原理。如果你打开水龙头的话，它的循环系统就会使水从高处流向低处，从中央流向四周，然后再循环回来，如果你在比水位低的位置装一个水龙头的话，水就肯定能从管道里流出来。不过，我无比热爱的血红细胞，我想要向您提出下面这个残酷的问题：为什么大

---

① cloffete 和 clopete 是意大利诗人帕拉泽斯奇的诗作《患病的喷泉》中形容血液喷涌声音的拟声词。

自然让胎儿完全没有血液循环，而没有设计其他血管让血液流通呢？我知道，提出一个这样的问题就像是什么都没说一样。那我就试着说得更清楚一点，从头讲起。这么说吧："对于胎儿来说，由于肺是不工作的，也就是跟没有肺差不多，大自然就设计了两个心室用于血液循环，这种设置无论对于那些有肺、但是由于不呼吸所以暂时用不到肺的胎儿，还是那些没有肺的低等生物来说都是相同的。这也毫无疑问地证明了心脏收缩会将血液从血管循环到主动脉：这条通道非常宽阔且通畅，所以如果摘除人的膈膜之后，两个心室之间也能互相沟通。大多数动物到了一定年纪之后，他们的这条通道都会变得特别宽阔，让血液可以通过两个心室循环。所以也就是说，一些温血动物（比如人类）在成年之后血液循环就不再经过心室，但是胎儿在经过一定的吻合术之后是可以做到这一点的，因为肺这时没有任何作用。为什么人到了青春期之后，大自然就更偏爱堵住这条通道（大自然只知道其他所有东西偏爱的是什么），而人类在胎儿期及其他动物身上，沟通就更通畅呢？为什么大自然没有为胎儿设计其他的血管来进行血液循环，反而将其完全禁止了呢？"

您要知道，我向您抛出这个问题不仅仅是因为我现在的姿势就像胎儿一样，这个姿势不仅更舒适，而且还让人更有安全感，如果想要回到孕育了我们的大地母亲腹部的话，没有比这更合适的姿势了；而且在米诺斯文化中，逝者在下葬时就是这样的姿势：膝盖顶着下巴，双臂环抱着双腿，就像是一个只等永恒降临就会马上弹出去的弹簧一样，这可不是件易事，需要耐心地积累能量。我之所以能够跟您说这些事，主要是因为在精心准备之前，我去图书馆里找来了威廉·哈维①写于 1628 年的《心血运动论》，它的全称是《心血运动解剖实践》。您，我无比热爱的血红细胞，对此肯定不会吃惊，但是当我知道直到 1628 年人类才确切地了解了心肌是怎样将那种奇怪的红色液体泵向人体各处，使之成为生命不可或缺的养料，我还是被震惊到了。

---

① 威廉·哈维，17 世纪英国著名医学家，血液循环的发现人。

您是位声名显赫的血液学家，我无比热爱的血红细胞（请您原谅我还像学生时代那样这么称呼您），不过我怀疑，在您一尘不染的实验室里，在您无往而不胜的显微镜下，静静地躺在温度完全适宜的无菌柜里的载玻片上，威廉·哈维的重要性可能从来都没得到该有的认可。所以我在这封信中把他介绍给您，明天您就能收到这封信，现在，在其他季节里染出来的殷红，可能已经变成了那些爬满您豪华实验室窗户的藤蔓的颜色：秋日的火焰已经越过树冠，叶子已经黄了，浓密而迅速地落下，它们大量地掉落，让我们拥抱，我们会隐藏在毯子下，在忽明忽暗的床垫上耳语，管他妈的什么《太阳和钢铁》①。那我是谁呢？是帅气的游击队员乔尼②。你看什么呢，我帅气的游击队员，你看什么呢，我帅气的游击队员：我在看你的女儿，你就看我怎么把她带到那座山上吧。然后忽然之间，游击队员们也老了，当然那些

---

① Sun ana Steel，唱片名，收录在 Ardio Machine 出的 *Magnus* 专辑中。——编者注

② 意大利小说家费诺利奥（Beppc Fenoglio）同名小说中的男主人公。

像游击队员乔尼一样早早牺牲的除外。啊，就像玛丽琳①一样。您想想看，如果玛丽琳没有在风华正茂时早逝的话，她现在会又老又丑，那我还会钟情于她吗？我是不是在玩文字游戏？好吧是的，我是在玩文字游戏。我喜欢玩文字游戏吗？好吧是的，我喜欢玩文字游戏，或者说我喜欢双关语。继续双关语，我的亲爱的，无论如何，这里的一切都会消失，每个词都掉在地上裂开，溅起水花，变成了一个奇怪的圆形星球，但是这个掉落在地板上的字的形状可真是奇怪，像一个灌木丛一样，因为那就是灌木丛，真可怜，我们身体的一部分就像是拍打着海岸的浪花那样碎裂了，和浩瀚的大海相比，这点海浪简直微不足道。太单调了，这一点是关键，您同意吗？单调得就像这场滴滴答答无休无止的雨，啪，啪，现在雨声变成了这样，好像唐老鸭在鼓掌。那雨滴在干什么呢？在做什么？它在挖掘，是的，所以我们才发明了屋檐这种东西，为的就是让我们免于淋湿，要不

① 小说《游击队员乔尼》中的女主人公。

然你就只能像狗一样靠抖动才能把身上的水甩开。问题来了：靠抖动的话，也能把生活甩得掉吗？比如说，昨天我又见到了纳塔利诺，他本来像是个能成大事的人，不过大家当时都戏称他为小纳。他这个小纳什么大事都干不成，就像风中的小草，生活中出现的任何风波涟漪都能叫他随之飘摇。可怜的小纳！这是我们当时经常的一句话。不过他如今的样子你可得好好看看，真的快要让人认不出来了。首先，我先跟你说说，我是在哪里、是怎样碰上他的。我当时正躺在一棵树下，那是一棵巨大的栎树。那里是一个农庄，可能是在伊比利亚半岛上的什么地方，他们那里大概没有"农庄"这个说法。所以我应该用哪个词呢，一处"产业"？就用它吧，您可能更喜欢这个词。总之，那是个不错的地方，在我看来颇有些田园风情，或者说，是很阿卡迪亚①式的。由于正值夏天（您不要觉得奇怪，因为昨天就是夏天），或

---

① 阿卡迪亚，希腊地名，也称乌托邦，是传说中世界的中心以及希腊神话中躲避灾难的世外桃源。

者说是夏末，因为墙上葡萄藤上的葡萄已经熟得差不多了。用那些葡萄可以做一种说不清是什么颜色的果酒。可能是红色、绿色？或者是浅绿？浅绿。您说得太对了，女士，就是浅绿，您的判决正确，助理法官大人。陪审团也没有意见，就用"产业"这个词吧，或者，您知道我想用哪个词吗？乡间。是的，我在一处"乡间"，不过我并不能说是"我的"乡间，因为这么说一般是错误的，如果加上物主形容词的话，这个"乡间"可能就变成了一处产业。 就像休憩中的提泰尔[①]一样，我感到愉悦，因为在草地尽头的小溪里，我听到了流水穿过芦苇丛的声音。再远一点的地方，有个灰色石头铺成的打谷场，几百年来，农民们的赤脚和打谷者的玉米棒把那里打磨成了光滑的地面。打谷场的旁边，有一个坎塔布里亚[②]地区常见的茅草屋顶的谷仓。就在那乡间的安宁之中，当青蛙和蝉一如既往地鸣叫着的时候，我躺在

[①] 提泰尔，古罗马诗人维吉尔《牧歌》中阿卡迪亚的牧羊人。

[②] Cantabria，西班牙的一个地区，被誉为"绿色西班牙"，拥有迷人的自然风光，美食和艺术及建筑遗产。

那棵巨大的栎树下，感觉到一种非同寻常的宁静渗入我的身体，我刚要对自己说：啊，真宁静啊。当我闭上眼睛后又再次睁开眼睛，才发现那棵大树其实是纳塔利诺。纳塔利诺！纳塔利诺！我大叫着，你变成树了啊，怎么就这么一声不吭地变成植物了，奥维迪奥肯定想都想不到，我亲爱的纳塔利诺，你变成树了我很高兴，真棒啊！纳塔利诺就像打扑克时那样对我狡黠地笑了笑，当时谁都不知道他的这种笑是什么意思，只有我能明白，因为我们在打牌时经常搭档。不过或许我早该想到你会变成一棵栎树，当初我们在一起的时候我就该想到。你甚至都不需要像现在这样背负着栎树枝，那天我们和你在一起，乐队正在合唱 *Nabucco* 的时候，天突然下起了雨，某个家伙突然给你打了一把伞，我对他说：别打了，傻子，你没看见纳塔利诺是棵栎树吗？您知道这时候纳塔利诺做了什么吗？一件难以言传的事情。他突然开始晃动身上所有的叶子，一片一片地像乐器一样奏起了一首不知名的乐曲，和我们以前俯视他不同，现在我正在他宽大的庇荫下，从下往上仰视着他，而他也很高兴能和我在一起，被友谊感动得直发抖。纳塔利诺用叶子为我演奏的音乐难以形容，就像九月的一天里，我们去的那个海滩，那里已经什么人都没有了，一丝西北风轻轻吹动着芦苇，我们在那里吃饭做爱。

然后我就睁开了眼睛，发现身处在这里，可能已经星期六了，一个典型的乡村周六，城里人声鼎沸，那是个巨大的城市。明天我将既不会悲伤也不会厌倦，因为我脑子里想的是血液循环，想的是血液循环如何规律地、耐心地、年复一年地为我们的身体注入着血液。我想的是，这种始终如一的收、缩、收、缩，就这样抑扬顿挫着把我们变成了同呼吸的兄弟，真的该试着把它中断一次。我决定采取所有必要措施，对抗这个标记永恒舞蹈的节拍器。够了。因为我之前也提到过，人不应该靠大脑以及骨髓、心脏、肺、胆囊、性器官和胃这些器官活着，也不是靠着血液循环活着。

我知道自己违背了承诺。我们本来相约不再见面，而且只有在极端需要的时候才能写信，承诺书是由您拟定、并由双方签字生效的。我确实没有什么极端需要，因为极端需要已经在这里了，而您没有及时到场。我只是极端需要跟您写这封信。至于原因我给出三个选项，您自己来猜是哪个：第一，因为我不想什么都不说就出发；第二，我不想给那个我需要写信的人写信；第三，因为我梦见了纳塔利诺。你会选哪个呢?

圣洁的女神

我被剥夺了感官，我尊敬的女人：

她的手，像一把弯月一样，摩挲着你的皮肤。她的手很灵巧：熟练地扼住刚宰杀的羔羊咽喉，她戴着手套的手指轻如微风，缝合、抹盐，然后把剩下的工作交予上帝。

我只是在分配角色而已，我尊敬的女人，这出可笑戏剧的创作人任命我为今天演出的导演。这部穷酸的戏所用的道具全都是些该扔掉的破烂，想象力匮乏，充斥着用力过猛但无用的桥段、乡愁、仇恨和痛苦，而我需要决定用什么配乐、布景、乐队、合唱以及演员。请别急着反对，没人能反对任何事情，你只能接受，你就是诺玛①，你就是我想要的诺玛。拜托不要这样，别再抗议了，我向你保证这绝对会是你喜欢的那种仿作。未来的晴天屈指可数，剩下的都是会把人打湿的雨天，因为雨天就是会把什么打湿，我亲爱的女人，它还会让骨头腐烂，从骨头一直烂到灵魂；雨天匍匐着，将霉斑带上墙壁，将岁月埋进身体，但是你看啊，高兴事来了：雨停了。不过现在是冬天，下着雪，暴风雪盘旋在山间小屋的周围。透过那扇面向山谷的毛玻璃窗户，你能看到什么吗？我什么都看不到。暴风雪掀起了一层蒙蒙的雾，让人感到压抑。是啊，你当然想要视野更清晰、更明亮些，你甚至想看到你在来的路上踩出的一路脚印。那是根本不可能的，不过如果能在屋子里暖洋洋地待着的话，那些还有什么要紧的呢？当外面狂风呼啸，而我们待在命运恩赐的暖房中时，该干点儿什么呢？喝一碗热汤吗？不，我不会允许你这么做，不行。这两个字太恐怖了，而这部剧还没来到最恐怖的部分，前提是它要

---

① 诺玛，意大利作曲家贝利尼（Vincenzo Bellini）的作品《诺玛》中的主人公。

还能继续进行下去。现在我们试着维持最后一份的优雅：在山间温暖的小屋里，当外面狂风呼啸时，喝了一碗清炖肉汤。这样一来就对了。在你的后面，一个人影一动不动地趴在一张桌子上。从身上的白衣服和不吉的气息看上去，他可能是个教士，就是那个用他的鸦片酊、针和吗啡来统治德鲁伊各部落的大祭司。是的，正是这个男人在光滑的石室墓冢上献祭，他剖开羔羊的肚子，把内脏洒在空中。也正是他在影影绰绰中端起了碗，就像在进行什么神秘的献祭仪式。但是注意！月亮正在升起，让我们一起举杯！透过那扇沾满了雾气和汗臭的毛玻璃窗户，圣洁的女神将自己美丽的面庞展示给了你们，一切清清楚楚。我说过大教士他是不动的。他在阴影中一动不动，有些发蓝的胡子像两只黑色的翅膀降落在了他的下巴上，在脸上投下了一丝阴影，有几滴汤从他的薄嘴唇上滴到了他的白衣服上。也就是说他把衣服搞脏了。哦诺玛，如果可以的话，我肯定会让你唱："把肉汤给擦干净！"但是就算是对于这样一部烂剧，这种台词也太过分了。现在什么都别急着擦，就在那被暴风雪包围的避难所里喝你的汤吧。现在这场戏已经变得像审判中证据不足的一方，我不想再冒险从头学起了。我只想找个真正的导演接手，那种以此为业、经验丰富得一塌糊涂的导演，他不会盯着别人的嘴看，不会管那人嘴上有菜汤还是肉汤。然后我直接靠边站或退居幕后就好了。

"无比尊敬的女士，相信您马上就会得到通知，我被剧院经理任命为了您主演的这部戏剧的导演。他不反对我按照自己的想法执导这场戏，我想走即兴表演的路子，即时即景即兴发挥。您也知道的，即兴表演主要靠的是直觉和理解速度，需要假设和临场的各种突发灵感。至于您，我需要您完全的服从，认真执行我的每一个命令，用好您的声线，静若处子，动若脱兔，就凭您的功力这肯定不会是个问题。将我们的余生留在散发松树气味的双层床上，能留住我们的青春吗？提出这个诱人理论的是权威神秘杂志《彗星》，他们认为，如果想要唤醒死者的话，就必须将手术刀插入他的身体，但是将金属插进尸体里也是有风险的：死者一旦被唤醒，就会在夜晚发出震耳欲聋的尖叫。这就是您在今天的演出中该采用的演唱方式，我无比尊敬的女士，就像是被一把刀唤醒的死人冰冷的尖叫那样。您的声音可塑性很强，我的要求仅此而已。"

正在写着这些话的那个男人拿起了一根指挥棒，在空中比画了一下，一首小夜曲就这样像是从远方一台神秘的钢琴里被召唤了出来。接着如同被施了魔法一般，远处传来了琴键声，灯光渐暗，幕布上不再是圣洁的女神出现的那扇毛玻璃窗户，另一个背景缓缓落下。那是一幅带边框的浅蓝色幕布，一扇剧院那么大的窗户，就像马格里特①的画里一样，让人感觉外部进入了内部，并且消解了内部。确实，在一瞬间内部消解了，所有的材料都像空气中的烟圈一样消失在了蓝色之中，环形的空间无边无际，能容纳下任何身体、情形、任何

---

① Rene Magritt，勒内·马格里特，比利时超现实主义画家，画风带有明显的符号语言。

原子和细胞集群能做出的任何举动和动作。男人用指挥棒从月亮中挑出一块，将它一直拉到了那个蓝色窗户的中央，那扇无边的窗户已经将空间内的所有物体吸纳了进来。

那支指挥棒真是太神奇了，在那个男人手里挥舞的时候就像一支魔法台上书写的笔，它在空间里绘出了音符！那挥舞指挥棒的人并不是指挥家，他顶多算个魔术师，或者干脆就是个路过的江湖骗子，又或者是个会耍些鬼把戏的家伙，他不仅能在空气中把音符变成可见的符号，还能随意为其上色。又轮到圣洁女神出场了，在昏黄的月色照射下，她变成了青灰色，像是即将要向人类宣布地震海啸等一切灾祸的来临。她柔弱的面庞像永远生活在冥冥中的普洛塞皮娜，她脸上的苍白给无边无际欢乐的蓝色增添了一抹灰白，让周遭的空白变得悲伤且意外，这一切和此时的音乐正好合拍：远处双簧管的恸哭让位给了四度音程的大提琴持续的哀鸣。它哭着，哭得像芦苇丛中的风，哭得像蝉鸣，像是普洛塞皮娜肿胀得如同怀孕的腹中传出的合唱。那悲痛的声音是谁的？它听起来满是自责和恐惧，让人不寒而栗地如泣如诉着，最后像镰刀刚刚割下的草料一样四散而去。

指挥棒突然猛地扭动了一下，像是在指挥一个愉快的行板。指挥棒在空中扭动了两次、挥动了两次、又切削了两次之后，原本小床的位置上出现了两个竖直的石板，上面支撑着另一块横放的光滑石板，那是一个墓冢。合唱的声音逐渐变强，指挥棒在右下角快速地敲击着，身着白衣的教士突然从幕布中出现。他究竟在那片荒芜之处寻找着什么？指挥棒快速地划过被重生女神所照亮的石板，指向了墓冢上悬挂的脏器。毫无疑问，那是人或者动物的内脏，只不过如今包裹它们的皮囊已经不知所踪。一根发白的脆弱软骨插进了一个红色的豆荚里，其他的血管和淋巴组织又从豆荚的另一端伸出来了，但是它们没有归宿，因为躯体已经不见了。教士挥舞着手中的匕首，刀柄反射出一束银白的光。他顿了一下，单臂上举，用他雄浑有力的声音唱道："月光啊，牛奶一样的月光，你把我的皮肤照得雪白，你就是世上至美的存在！"

指挥棒掠过整个场景划出了一条弧线，最后停在了对角处。当它在空中书写着自己的音乐时，诺玛突然出现了，头上戴着面纱阔步走了过来。她手里提着一篮子刺梨，在她洒满了蜜的脸四周，一群善良的蜜蜂一边跳舞一边嗡唱："你背叛了这颗心，你失去了这颗心，这时才看清心的本质，比你更强大的神祇和命运，将你我二人的生命合而为一！"

"诺玛你去干什么，诺玛你到底要干什么？"有一个声音脱离了合唱，孤独地唱道。指挥棒来到了诺玛的嘴边，她顺从地唱道："摇一摇玫瑰，摇一口袋花束，摇一摇，摇一摇，我们都会倒下。"她像个牵线木偶那样抖动着她的胳膊，然后她像是被人推了一把，胸脯猛地往前一挺唱道："印度无花果！谁会买我金色的印度无花果？它们带刺，但却是金色的！"

指挥棒划过空气飞向了教士的方向。他阴郁地站在影子里，开口（他的嘴唇红得像个婴儿，和他蓝色的胡子十分违和）唱道："我的老天，我想要！"

指挥棒像一只手似的示意对方过来。来啊，就像是交响乐团的指挥家在用指挥棒说话，来啊，轮到你了；你示意侍女也过来，但她还在暗处主持这个仪式，她是个长着雀斑、有些肥胖的山里人，皮肤倒是白皙，戴着一副方形眼镜，岁数应该不止六十岁，这样的设置有点太过超前了，我们正在举行的可是凯尔特月相里的人牲仪式，您都这么大年纪了还一副孔武有力的样子，难道您是从哪个德鲁伊部落里来的？

教士就这样向前走着：静悄悄地，手里拿着匕首，慢慢靠近了墓冢的石板……啊，当灯光设计师很出色时，灯光可以创造奇迹！那个充当窗户的海蓝色背景像无物一样飘浮在空中，不知道是真实的还是虚幻的，又或者那是好几个空间的结合，那海蓝色幻化成了手术灯的那种乳蓝，令人目眩地照在了石冢上。那块手术台一样的石板上放着肠子、外科手术工具和金色的无花果，就连专门写恐怖诗作的邪恶公爵也想象不出这样的场景。当教士进行祭祀期间，身着淡蓝色半透明束腰服的诺玛一边把无花果撒在了他的周围，一边轻快地舞动着，就像拉斐尔画作中真正的少女一样。她还唱着："可怖的牺牲祭坛永远都不会缺"，她用唱儿歌一样的腔调唱着这首歌："和我一起飞吧……"

哦，我高贵的夫人，是时候给这部被导演改成即兴演出的戏剧画上一个句号了。但它其实还在继续。这部剧的结局我很清楚：她从那个滑稽剧院的幕布中逃了出去，经过辅助演员想象的背景板和布景画，穿越舞台、大厅、空间和时间，朝着假扮为圣洁女神的普洛塞皮娜指出的方向飞去。教士到底是个江湖郎中，是个诱骗专家，还是个精通几何的快乐小老头？这已经不重要了，就算顺序错了，东西还是那个东西。而你，无论如何，还是你。

现在他们爬到了石冢后的一个金属怪物身上，月光将怪物身上的钢铁照得发亮。他用还满是鲜红的手摇下手柄，发动机开始隆隆作响。而她舒适地坐在后座上，用手搂着男人的腰。出发！轰隆隆的怪物穿过沿海公路，又钻进了隧道，隧道里的夜色格外昏暗，女人颤抖着唱道:"是的,你的陪伴将会一直持续,你我二人的心永远相随。"她将胸靠在人首马身怪肩头的毛发上,好让他听清自己的心跳。两个肉体依偎在一起颤栗着,人首马身怪的躯体已经真的变成了长满了毛的马身,那毛发甚至不是马的,而更可能属于狂暴的野猪的。她大叫着:再用力些!再用力些!加快!求你了!然后他加速,起飞!他们在夜色中轰鸣,透过隧道内极小的裂缝可以隐约看见海面上的光,普洛塞皮娜脸上的笑更加诱惑了。

就在加速的时候,人首马身怪感到有人在轻抚自己肩上的毛发,他用一只手紧握着车把手,而另一只手像弯月一样摸索着诺玛的肌肤上下游走着。高潮降临了,他们追寻了这么久的时刻终于到来了。对!对!对!请继续!不要停!就在这时,隧道来到了尽头,普洛塞皮娜的脸上露出了娼妓般的笑容,钢铁怪物离开了地面,开向地下的天空,二人骑在那个飞行器上嚎叫着,这时飞行器变成了一张婚床,一张像竞技场一样大的床,他们在那里生孩子、流产、进行原始的夫妻间的性交，以及不断产生的性欲。那里就是为他们而造的。

毛发是唯一的见证人，它至今还躺在特伦托那座小屋的浴盆里。

我去找你了，但你不在

卡拉，无比亲爱的卡拉：

　　开头是这样的：从前有一片森林。森林中央有一栋别墅。别墅前有座花园。花园里有一个意大利式的黄杨木篱笆迷宫和两株漂亮的棕榈树。棕榈树下背靠背放着四张木头长凳。哎，哎，你明白了吗？你当然明白，我说这些只是为了给你一个开头。因为前天正是你把我带到这个好地方的，这样一来你就能好好在这儿休息片刻，就只是片刻而已，最多第二天就走，我记得你是这么说的，最多最多第二天的第二天，你就看着吧，你在这里不仅能休息，失眠也不治而愈，而且还摆脱了必须时刻走来走去的癔症。你不能再这样继续下去了，我亲爱的，你不能再从这里走到那里，来来回回没有意义地走来走去，有的朋友甚至管你叫走步机，你可能不知道，但他们确实在拿你当笑料，他们明知道你不在家，还打电话给我，阴阳怪气地说："可以让走步机接电话吗？你真该跟西尔维的那个朋友见上一面，去趟苏黎世也费不了什么事。他可以整个下午整个下午地听你谈，不是为了工作，纯粹是出于友情。他能理解你这种人，关于你这种病症他甚至都出了一本书了。"

卡拉，我无比亲爱的卡拉，我之所以要给你开个头，是因为昨天，也可能是前天，我就是从那里的一条长凳上出发的。我吃早饭了，我可以向你保证，你就放心吧，虽然我本来可以不吃的，因为早晨我一般只喝一杯咖啡。但是不得不说，自助早餐实在太诱人了。因为你可是好好地费了一些心思的：在走廊里摆上桌子，手工缝制的亚麻餐巾上绣着流行的栗子图案，真是赏心悦目。桌子的一侧放着一大碗开胃的酸奶。酸奶是家庭制作的，里面放了前一天刚采的森林野果，有小草莓、红醋栗、覆盆子，如果不喜欢野果的口感，也可以单独品尝纯酸奶，野果的话你可以搭配一勺白糖或者波尔多葡萄酒食用。玻璃杯来自威尼斯玻璃岛，而且不是那种一打一打卖的大路货，应该是古代传下来的古董，放到今天的话绝对价值不菲，可能在维也纳的话价格还便宜些，尤其如果能在我朋友汉斯那里找到的话（杯子里面的彩条是土耳其蓝的，构成了极其细腻的波纹）。不过最近一段时间我朋友汉斯的店一直关着，他可能死了，我很难过。放野果的碗旁边，放着一盘子小牛角包，上面盖了一块大麻布保温。这种诱惑真的太难以抵挡了，我绝对没有打诳语。至于黄油们和果酱我就略过不提了。之所以说"黄油们"，是因为黄油一共有三种，其中一种咸黄油是山里的农民做的，他们把黄油放在柳条背篓里，上面盖上月桂树枝背了过来，其味道之独特真的难以形容。果酱就是这一带的做法，全都是老配方，十分浓稠。除了这里的特产野果果酱之外，还有我十分钟爱的柠檬酱，它介于果酱和蜜饯之间，有一些啫喱形态的糖，还有樱桃白兰地的味道，不过只是一种猜测而已。

　　总而言之，这顿早饭从头到尾我都吃得很美，最后以一杯橙汁和一杯浓咖啡结束。然后我就坐在长凳上抽了两口烟，我对你说：快走！我们应该是这么说好了的，你第二天来接我，最多第二天的第二天，这么算下来的话应该是三天。行吧，反正我是遵守承诺了，而且在我看来还是双倍遵守了。昨天我说出了那句著名的　谚语：如果山不来找穆罕默德的话，那穆罕默德就会去找山。① 我打包了行李，你也知道我的行李是很轻的，现在我无比镇定地出来了。从别墅出来是完全自由的，因为那扇漂亮的铁栅栏只有晚上才会关上。我就这样上了路，现在跟你说说路上的见闻，虽然你对这条路已经了如指掌，毕竟这就是你把我送来时走的那条路。走啊走啊，走啊走啊，和童话故事里一模一样，因为我肯定是徒步的，我无比亲爱的卡拉，必须要说，走一走真的有好处，因为这几天在那座破花园里，我就压根儿没走过几步路。你可能要问了：他是怎么在一天之内就

---

① 意为：如果事情没有按你所希望的那样改变，你就必须调整自己去适应它。——编者注

走完这么长的路的？嗯，确实如此。我本来可以撒个谎，跟你说个错的时间，因为路程真的太长了，真的太长太长，我无比亲爱的卡拉，但我只花了二十四小时就走完了。我真想让你的一个老朋友也挑战一下，他老是夸口比我走得多，不过现在已经不可能了，他早已经入了土。但是我们不能排除任何可能性，死者复生站起来走路的事也不是没发生过。

　　总之呢，我就是走啊走，第一次休息的地方我选在了一个海边小城。小城很丑，特别丑，简直就是恐布（我没写怖字的竖心旁，因为我觉得它配不上心）。那里的人给了我一个小房间歇脚，房间的墙上挂着一张渔网，上面还有两只海星做装饰。这是当地的习惯，因为一到夏天，这里就会来很多喜欢大海的德国和北欧游客。但是海星好像腌制得不是很好，散发着一股臭鱼烂虾的腐臭味。唯一的好处就是，臭味把蚊子也挡得远远的，这样一来我就不用担心被叮咬，完全不像我们在那个破旅馆里待的那一晚（希望你还能记得）。真是忘不了那个烟囱破旅馆，不是说旅馆里有烟囱，我指的是旅馆所在的城市，那座城市也有点丑。不管怎么样，你不记得也没关系，因为那是另一条路。我就这样在海星房里休息了一会儿，然后重新出发。一个严峻的问题是，稀里糊涂地在那里停留过之后，我的龟头开始发炎了。请谅解这个不甚雅观的细节，我的包皮上突然出现了很多紫色的小点儿，又痒又痛，虽然龟头这东西我根本不用，平时就好好地藏在里面，就像一个仪式中的僧侣一样。但是，你懂的。

第二次休息的时候，我随便选了一个小公寓，价格虽然很便宜，但是就靠着我包里的两个子儿也是待不了很长时间的。不过最起码我还是休息了一下，那个公寓完全是空的，连一件家具都没有，你不觉得奇怪吗？只有一把吉他靠墙放着，虽然不会弹，我还是拿起来吉他拨弄了几分钟，因为和弦我还是懂的，隔壁的小孩一直在哭，如果听到声音的话，他说不定就能睡着。我还哼唱了几句，像以前那样，但这次唱的时间更久：我会一直爱你，我的生命，整个生命，都会给你。哭声停止了。孩子确实需要一首安眠曲，我能做的也仅此而已。

是的，我知道对孩子还需要做很多，但我也只会唱一首歌而已，你觉得不够吗？现在该走了。

走啊走啊，你肯定等着我说这句话呢，你太了解我了。但是我没想说这句话，我无比亲爱的卡拉。我不是跟你说那个公寓有点奇怪吗？我就这么从房间里出来，顺手关上了房门，然后就发现自己置身于一片多石的灰色荒漠之中，还有一些光秃秃的山，我不知道怎样跟你描述它们的样子，就像白色的大象，不过好像也不太贴切，而且已经有人用过这样的比喻了。头顶上挂着一个大太阳，长得就像墨西哥式的阔边帽。我当时想：在这样一个不欢迎来客的地方，如果我最后筋疲力尽，悲惨地倒在地上的话，秃鹰会把我啄得一片肉都不剩，累累白骨被烈日暴晒着，仿佛在向后人诉说这里曾经有人来过。不过运气总是会眷顾勇敢者，我的身后突然传来了一个小女孩的声音，她应该很小，因为在后视镜里我都看不见她，后视镜就是我的墨镜片，我戴眼镜的方式之所以这么艺术正是出于这个目的。所以说她是个矮个子小女孩，也可能都不是个小女孩，只是有小女孩的声音而已，就像柴郡猫那样，她只是在跟自己的羊群唱歌。或许她只是个虚拟的牧羊人，完全臆想出来的那种，就是游吟诗人唱词里，那种在骑马经过的骑士身边忽隐忽现的牧羊人。我想到的是一个小牧羊女，她可能是有点天真的类型，但我又能怎么做呢？作诗一向不是我的强项，讲故事嘛也马马虎虎，但是故事没有韵脚啊，如果故事缺了韵脚的话，讲起来就少了几分乐趣。

我本想跟你讲讲我的故事，不过可能还不是时候，你会明白的，我现在正在你家奋笔疾书地给你写信，我发觉建筑师好像有离开的意思，工人们都恶狠狠地瞪着我。故事，或者应该说，我的故事，怎么讲呢？有时我会想起这些故事，也想把它们拿出来讲一讲，但是很快我的兴致就消失了，所以一直都没跟你讲过。现在，虽然时间很紧张，我还是要跟你念叨念叨，不过我并不打算讲这些故事是什么样的，因为那难于登天，我要讲的是，这些故事不是什么样的。你不要着急，你也知道，真相的另一面讲起来总是更容易一些，这也是我的强项。首先，这些故事都没什么逻辑。这话我只说给你听，我很想把那些发明了逻辑这种东西的人找出来好好骂上几句。而且我的故事没什么韵脚，这一点很重要，在我的故事里一件事情并不会伴随另一件事情，一段故事不会带来另一段故事，所有故事都是这样的，如同不遵循任何韵脚的生活一样，每个人的生活都有自己的旋律，每段人生都各不相同。或许一些暗藏的韵脚还是有的，不过那些就需要你自己去发现了。在我前天，哦不，昨天离开的那座别墅里，有一位客人，和我在棕榈树下的长凳上聊天过后，他逐渐取得了我的信任。聊天的时候我们俩都是歪着头的，后来我甚至都有点儿落枕了。他是个年轻的天体物理学家，来这里是为了休养，因为很显然，宇宙会让人感到疲惫，想想光是每天起床就已经多难了吧，更不用说思考宇宙奥义了。我还真向他问了些关于宇宙的最新知识：是什么让您这么肯定地认为宇宙是无限的呢？结果他告诉我说：我不想让您失望，但宇宙不是无限的。话都说到这个份儿上了，我就跟你说实话吧，我当时简直是出离愤怒。什么？我当时想，诗人们、哲学家们还有神学家们写了这么多，想了这么多关于宇宙无限的东西，面前这个像替补席上的垒球队员一样大张着腿嚼着口香糖的青年，竟然告诉我说宇宙是有限的？我刚要反驳"您怎么敢这么说"，他又继续平静地说：您看，亲爱的先生，宇宙始于一场最初的大爆炸，就算是宇宙的诞生吧，它就是爆炸之后所有能量集合扩张的结果，这些能量并不无限，而是有一个尺度的，当然这个尺度大到不能去衡量。啊对啊，我表示了自己的反对，同时努力地在压制着自己的怒火，不好意思，我亲爱的科学家，如果这个宇宙是有限的，同时又在扩张中，也就是说它在往四面八方前进的话，那它到底在去往何处呢？请原谅我的好奇心。去往虚无，青年一边淡定地回答，一边用脚踢着小路上圆形的小石子，他当时脚上穿的是网球鞋。无比亲爱的卡拉，你肯定会理解我的愤怒和困惑：对于我们来说，无限一直是个比有限更好理解的概念，无限可以指宇宙，也可以指其他东西。你试着设想，如果有一天你对我说：我想让你拥有有限的幸福，或者换作我对你说这句话也可以。

然而现在，眼前这个家伙竟然跟我说什么虚无，我着实觉得有点儿过分了。您听我说，尊敬的科学家，我现在无法隐藏自己的怒火了，要让您说的话，虚无到底是什么呢？青年胸有成竹地看着我，略显疲惫地回答说：虚无就是没有能量，亲爱的先生，没有能量的地方就是虚无。说完他就从嘴里用口香糖吹出了一个泡泡，泡泡慢慢变大直到最后破裂，就像是在给我这样一个可怜的灵魂演示一遍宇宙怎样向着虚无膨胀。你听明白了吗？我无比亲爱的卡拉？我刚才在跟你说的是那个神奇沙漠里的小牧羊女，真的太神奇了，她刚走了四步就到了海里。你可能会以为那其实是个宽阔的沙滩，我把它错认为了沙漠，但并不是这样，因为仅仅四步之后就改天换地了，也就是说我知道自己进入的是另外一个场景，就像是戏剧中第二幕上演时那样。我看见了海边的峭壁，峭壁上有一座又大又漂亮的房子面朝着海风和波涛而立。总而言之，它就像是为我而建的一样，而且还没有人住在里面，于是我决定留下来在那里过夜。那一晚真的绝了，要我说的话简直是贵族般的一夜，一楼是门廊和大厅，厨房很宽敞，墙上像修道院里那样挂着黄铜水盆，墙壁里雕凿出来的一个鱼形雕塑喷着水，水像小溪一样沿着大理石水槽流遍了厨房的四周。走了这么多路之后，我着实该吃一顿像样的晚餐，那顿晚饭真是绝顶美味，美味的食物从橱柜里会源源不断地流出。让你先有个大致的概念吧：前菜是一道山里贮藏的火腿，上面撒着甜椒粉，这种火腿如今已经不多见了，我决定好好地过过瘾，就着一片西瓜把它送下了肚。这话我只说给你一个人听，其实是pastèque①好吃，因为它和一个夏夜里（我不记得是在什么地方了）我在提格里街上的一个小棚子前，和朋友丹尼尔吃的那个西瓜的味道一模一样。你可能会反对说，所有西瓜的味道都一样，不过真的有区别，那个西瓜的味道和我跟丹尼尔一起在街边冰淇淋摊的草棚下面吃的、那个他称之为 pastèque 的东西一模一样。当时他在跟我说着关于莫里哀和他的那家巡回演出团的事，因此我就着火腿吃的这块西瓜和那天

----

① 法语，西瓜。

晚上我和丹尼尔吃的瓜一模一样，如果你不介意的话，我不想管它叫西瓜，我要叫它 pastèque。你看，丹尼尔能跟你证实这件事情，不过很可惜他突然去世了，当时是你跟我打的电话报丧，你不可能不记得。后来我开了一盒鹅肝，它的样子简直就是要不请自来，就在那个和阿尔萨斯没有半毛钱关系的海边空房的厨房里，一盒上面满是灰尘的阿尔萨斯鹅肝孤零零地待在一个角落。最后我吃了一个切好的橙子，还小酌了一杯甜葡萄酒，然后就上到了二楼。漂亮房子的结构一般都很简单，你自己凭直觉就能找到方向。我穿过走廊一个个房间地查看，最后选了其中最大的一间，里面有一张天蓬床，落地窗外是一个露台，在那里可以听见海浪轻轻拍打着海岸的声音，唰，唰。你猜到了，我是在露台上睡的觉，砖地上阳光的余温尚存，耳边吹着和煦的微风，整个宇宙在你的头上闪烁着，没人能抵挡得住这种诱惑。晚安，造物主。

唯一的不适就是龟头上的瘙痒，请谅解这个不甚雅观的细节，那个晚上我起来清洗了好几次，还用了卫生间架子上放的一盒有年头的滑石粉。所幸我还能忍受，马上就又睡着了。总之那是个美妙的夜晚，充满了星星和梦，我感觉好像已经过了八个，甚至八十个晚上，就像是月亮已经走完了一个循环，到了下一个春分或秋分。

春分和秋分的时候总会发生很多奇怪的事情，那些疯子们说的是对的。我不明白是为什么，如果非要跟你说的话，我也不知道该将这种变化归因于什么。就像是随波逐流的船。我当时听到有人在哭（或者是祈求？），他应该是跪在自己的床头边，双手捂着头在呼喊着一个名字，你知道的，就是勃朗特姐妹小说里的那种呼喊，这个可怜人应该非常不幸，我感觉自己有责任做点儿什么。我不知道你有没有遇到过这种场景，就是当有人在旁边哭的时候，你会想说：哦我的上帝，是我的错。我感觉就像是听见：莱波雷罗！莱波雷罗！就像是一个被闷住的哭声游走着，把空气都变得悲痛。月亮总是有两副面孔的，这时候我想起了邮局招聘考试的内容，想要入围的话你必须记住某个大区所有河流的名字，包括那些小河沟在内，随便什么大区都行，也可以虚构出一个名字类似卡卡尼亚之类的地方，就像我们的很多朋友喜欢但是我很讨厌的那些美国音乐剧里面那样。我为什么不喜欢？因为太蠢了，实在实在太蠢了，我无比亲爱的卡拉，但还得装作喜欢，说不定还得穿着船鞋，吃着带牛油果的开胃菜。哦，多么糟糕的时代啊，你不觉得吗？肯定会天降灾祸将这一切一扫而光，可能是战争、屠杀，也可能是瘟疫。肯定会发生什么事情，其实在过去已经发生过了，只不过你们毫无防备而已。

重新出发，走啊走啊。第二天早晨，我结束了露台一夜，重新踏上去你家的旅程。这时候我看见了那个像雕塑一样一动不动的女人（丝毫没有夸张），我甚至需要一边试探着发出声音，噗嘶，噗嘶，一边观察她有没有什么反应。她转过身来看着我，我看清了她的脸，真的很漂亮，起码我觉得她很漂亮，而且我觉得她也喜欢我，她开口说话了：我家的门是敞开的，窗户也没有关上，无尽的爱从这里流了出去，化作某种无来由的信任、抛弃和忘却。这确实就是她的原话，她是在我出发之后才说的，但大意是如此。只不过有些意思要等你重新上路了才能明白。不管怎么样，我确实在那里待了一晚，这一点我很笃定。虽然那是个旧房子，但很漂亮。房子一共有两层，外面刷成了朱红色，上面的画已经变得斑驳，外面有一个楼梯和一个紫藤花架。妇女节上送给女性的含羞草也是有的。地面是本世纪初陶器流行的那种黑白相间的菱形块，很符合像我这样的人的审美，也满足了我对几何图形的偏好。我一会儿站在黑色菱形块上，一会儿又来到了白色的上面，就这样自己跟自己下起了棋，一直玩到我将了自己一军。我的角色是卒，棋盘上唯一的一个卒，而女王就是她，在我们之间没有马。只不过那里也有人在哭，听起来像是个孩子，或是一个长不高的男孩，这对于女性和我们所有人来说都是一种惩罚，而且这种惩罚其实无甚必要，而且需要记住的是，长不高的孩子长大之后一般都会变得很完美。有问题的反倒是像我这样快乐的孩子们，他们会随着年龄的增长逐渐变质，慢慢走上不归路，就像宇宙这个口香糖一样向着虚无膨胀着，最后"砰"的一声爆炸。一切问题的根源就是时间错乱，你不这么觉得吗，我无比亲爱的卡拉？就是说，你在那里，长到正好就停下了，但就在这时，一个哭闹的孩子和一个比你老得多的老人闯入了你的时空当中。这样一来就在人的生命中制造了一种时间错乱。对于所有人来说最理想的状态——我真的是说所有人，就是在正确的时间点上，人能长成正确的样子，来到正确的地方彼此相遇，同时我们身处的宇宙还在向着虚无进发，这样的话很多事情都会变得更简单。生物学家可能不会同意这种假设，人类学家们更不会，因为他们认为人类很快就会灭绝。我同意，也许人类会灭绝，但假如我们本来的归宿就是虚无的话，早一点还是晚一点到达终点又有什么区别呢？昨天和我在别墅的长凳上聊天的那位先生在衡量事物的时候，总是会用到一些晦涩的单位，不是天、小时、年、千年、公里和里格①，他送了我一本小书，想让我长长知识：《业余天体物理简明手册》，我就是在那本书里面看到了这些

---

① League，一种长度名称，它是陆地及海洋的古老的测量单位，相当于 4 英里，或 3 海里。

单位。我又要说"于是"了，我决定离开这座窗外有紫藤门外有爱的漂亮房子，因为我真的需要一个没人哭的地方。要不然我现在也不会在你家，我终于到了。

于是我到了，在通往花园的那条每个人都能走的小径上，我首先注意到的是一个三角形的黄色标志，上面画了一个拿着铁锹的小人。绕过标志之后，映入我眼帘的不是旁边长满了薰衣草的土路，而是一条斑岩石板路，旁边有一条螺旋花纹装饰的扶手。我感受到的冲击不仅来自变化，而且还有美学上的。尤其是我想到，你过去经常嘲笑《里维拉海岸最优雅的住宅》之类的杂志以及类似的东西。不管怎么样，我还是要往前走。在原本露台的位置，昨天我们还一起坐在那里看着夜色在海上降临，如今这里已经变成了一片绿得不像话的草坪。我不知道草是怎么在一夜之间就能长到这么高的，除非他们是把已经培植好的草块直接移栽了过来，好像现在是有这么一门技术。在草坪上零零散散地铺着一些脚印形状的大理石石板，一直通往主入口——带葡萄架的游廊。葡萄架也不见了，被拆掉了，葡萄藤的根在入口旁边停着的一辆卡车上耷拉着。取而代之的是一个红色瓦片的拱廊，那个红真的就是用油漆涂成的正红色，两根大理石柱子上是爱奥尼亚式的柱头。我抬起头往上看，过去你总会在露台上等着我。那面环绕露台的灰色石墙，本来能让在里面裸体晒太阳的我们免于别人的窥视，现在也不复存在了。在它原本的位置上立起了一个铁栅栏，上面装饰着和小门上一模一样的螺旋花纹。绿色百叶窗换成了美国电影里有时会出现的推拉门。我错愕地停了下来，把背包放在了地上。门廊下，一位先生坐在板凳上正在翻看一大摞纸。他非常专注，没有搭理我。晚上好，我对他说，有人在吗？我在啊，他回答说，如您所见，我在这儿。哦对啊，我说，是啊，您在呢，当然了，不过您是哪位啊，我能问一下吗？什么我是哪位啊？他马上回答，我是建筑师啊，要不然呢？他有些狐疑地看着我，我已经猜到是为什么了：我浑身是土，头发像茅草一样，还有一直用的粗布旅行包。您是从哪里来的？他上下打量着我。从塞蕾娜别墅来，我回答道。他肯定以为那是附近山上的某个别墅，语气马上就变了。

你是不是想看房啊？他殷切地问。

看房子，看什么房子啊？我这样想着，看这个我熟悉得不能再熟悉、前天才刚刚离开的房子吗？过一段时间吧，为了争取一点时间我这样回答，然后绕了一圈来到了房子后面。其实我是想尿尿了，就是因为刚才遇到的突发状况。我一直下到了菜园里，但是菜园也没有了，鼠尾草和迷迭香没有了，爬满竿子的豆角没有了，种罗勒和欧芹的罐子也没有了。只有花坛里种着一些花瓣稀松的三色堇，可能是刚刚移植过来的，还有一个黄杨篱笆，好让这里看上去像是某个意大利式的花园。我在这些恐怖的东西上尿了尿，想到了你的朋友莱波雷罗，因为我看见了龟头上的那些红点：他那里也长着湿疹，我记得有一天晚上他家里来了个活泼的女孩，她本想在那里过夜，却被他给打发走了。为了解释自己的这个举动，他脱下了裤子告诉我：我这里前几天长了这些东西，你遇到过吗？知道这是什么吗？你看，有的时候顿悟就是来得这么没有来由，我尿着尿着就想明白了，为什么在旅途中我也长出了那种东西，原因非常简单，请允许我用法语说出来，parce que tu avais couché avec。[①]
为什么你没告诉我呢？你真是个好人，你就这么确定
我不会被传染吗？生活中什么事情都可以发生，有时
只需要一个不小心而已。我更不能原谅的是，你竟然
扒掉了鼠尾草和迷迭香，就为了种这些难看的三色堇。

　　我又回到了门廊，那个帅气的家伙对我说：所以
呢，你想不想看房？砖头上坐着一个工人，头上戴着油
漆工的帽子，衣服上沾满了石灰，他也上下打量着我。
我不需要，我回答，这座房子我比您还要熟悉。哦是
吗，他说，为什么呢？我前天刚和女主人在这里吃过晚
饭，我对他说。他用一只手拍了拍大腿，大叫：真是天
才！那你们吃了什么呢？为了让他满意，我跟他简单地
介绍了一下那顿晚餐。给您补充一点信息，我又说，女
主人真是个好厨娘，对烹饪有着极大的兴趣。我们喝了
放了黄油和鼠尾草叶的豆子汤，吃了猎人烤鸡和一块巧
克力蛋糕，全都是女主人自己亲手做的。那真是一顿美
味至极的晚餐，他评论说，不过如果您是前天晚上吃的

---

① 法语，因为你跟他睡了。

这顿饭的话，那您现在应该已经消化完了。是的，我回应说，而且碰巧我现在也很饿了，不好意思，女主人她在哪里呢？他看了一眼油漆工，好像在暗示着什么。嗯……他沉吟了半晌。这时我真的开始有点不安了。她出门了吗？我问，他什么都没回答。她出门很久了吗？我又接着追问。那个家伙又朝油漆工使了个眼色。你觉得呢，彼得？油漆工好像快要笑出来了，但是从他脸上的怪样能看出来，他还在憋着，然后他爆发出了一阵略显粗俗的哄笑。我觉得她应该走了好几年了吧，他一边愚蠢地笑着一边嘟囔着说，最起码战前就走了吧，建筑师先生！说完他又弯腰开始大笑起来，就好像自己抖了个大包袱一样。我发现自己真的被激怒了，但又努力地维持着冷静。她没给我留下什么字条吗？我问。据我所知没有，建筑师回答说。您觉得她会回来得比较晚吗？我问。恐怕是吧，怕是会很晚，他说，我不知道您是不是该等她，反正我们是该走了，你别着急，我们现在得锁门走人了。我等她回来，我说，反正今天晚上也没事，我就在这里写封信吧。

从铁丝网中脱身的困难

是的：有一种恶潜入了这些句子中。我管它叫铁丝网之恶，尽管这个词本意是铁丝绕来绕去，用在这里可能并不适合。

（维托里奥·塞雷尼《阿尔及利亚日记》，1944 年）

我亲爱的朋友：

　　有时晚上在朋友那里小聚的时候，不知道会聊起来什么话题。比如那天晚上，我受邀去住在圣日耳曼教堂后的朋友家吃晚餐，言谈之间我们想起了奥利维尔·拉扎克[1]写的一本叫《铁丝网政治史》的书。说实话，我不认识这个作者，他的这本书也还没写完。但是铁丝网让我很受触动，我不自觉地做了一番思考，这封信就像一次心理治疗一样，我现在正躺在一张沙发上。我不喜欢心理医生们的沙发，上面全都是其他病人身上的跳蚤，明明已经吸饱了其他人的血，还要

———————————

[1] 奥利维尔·拉扎克，法国哲学家。

叮我咬我。每个人的血都是不一样的，表面上看起来这些血可以分为不同的类型，对于红十字会来说，O型血的人可以给所有人献血，也就是说我们的血和很多其他人的都一样。其实不然，血液非常个人化，不应该被输来输去。因为组成血液的不只是白血球和红血球，还有记忆。不久前，我在一本专业杂志上读到，一群很有威望的科学家们在试图找到我们认知里面最中心最私密的那个地方，他们管那个地方叫"灵魂"。他们最后定位在了大脑的一个部分。关于这一点我不甚同意，灵魂应当是在血液里的。当然不是所有的血液，它只存在于一个血球中间，这个血球和其他成千上万个血球混在了一起，人根本找不出来那个包含灵魂的血球，就连最接近神（这才是我们的目标）的计算机也无能为力。在人类历史中，只有艺术家们和神秘主义者能找到那个血球的所在，并将它展示出来。一个艺术家知道，在他那些上千页的书里面，比如普鲁斯特的《追忆似水年华》和但丁的《神曲》，有一个词就是那个承载着灵魂的血球，剩下的一切都是可以摒弃的。德彪西知道，在他的《牧神的午后前奏曲》或是《神圣和世俗舞曲》中，只有一个浓缩了其灵魂的音符。莱昂纳多·达·芬奇也知道，他的《岩间圣母》和《蒙娜丽莎》里面只有一笔囊括了他的灵魂。他知道有，但是不知道在哪里。也没有任何一个评论家或评注者能找到它。这是为什么呢？

因为在这滴血周围缠绕着铁丝网。

有那么一些瞬间，历史境况、社会的自由以及存在于表面上的幸福让我们误认为已经找到了这个血小板，这个地球上的生命和智慧都要拜这个难以形容的小东西所赐。这些时刻对于鉴赏家而言无疑是最美丽最幸福的，因为他们从大自然那里获得了替其他所有人顿悟的特权。但幻象终究是短暂的。如果它没有依照自己的天性蒸发掉的话，它就会被铁丝勒死。扼杀我们对自己灵魂认识的铁丝主要有两种：一种是别人为我们制作的，另一种则是出自我们自己之手。第一种我就不说了，很不幸的是，在这个普利莫·莱维用了一个恐怖的化学分子式：ZykionB①，放射性和铁丝网来概括的世纪里，我们对它已经很熟悉了。在这个否定主义和修正主义横行的时代，他们说集中营里的万人坑和奥斯维辛里堆成山的鞋子和眼镜只不过是宗教历史学家们的臆想，重提铁丝网这样的往事甚至似乎有些啰唆，真是讽刺。

不是这样的。今天我们要说的是我们精神上的铁丝网，它存在于你我的精神之中，哦，我亲爱的朋友。我就是知道。我之所以知道，是因为当时间来到公元两千年、我也活到了这把岁数的时候，我再也无法忍受铁丝网的刺痛，我想要释放包含了我整个灵魂的那滴血，还有你的那滴血，即便你并不情愿。这个铁丝网可能不是你想象的那个空间逼仄的监狱，反而有可能是我们享受的自由。就比如：有一扇窗。有一天晚上，在朋友那里，我打开了一扇窗户探身出去。很久以来，我都想再看到一次夏天的暴雨，我不知道还能不能以同样的

---

① 氰化氢的主要成分，原为杀虫剂，后被纳粹德国用来在奥斯维辛集中营进行大屠杀。——编者注

方式，在我心中唤起那种已经被忘却的遥远的感觉。当时是在托斯卡纳，天已经黑了，我开着车。我正行驶在从蒙塔尔奇诺通往阿米亚塔的路上。突然，虽然夜色浓郁，我还是想看看圣安提莫教堂。它是世界上最漂亮的罗曼式教堂，不仅仅是因为其建筑之美：它的后殿就像一块橙子皮扣在孩子的玩具轮船上，精美的花纹将教堂的三角墙和框线变得柔和，也是因为它就在过了第一个急转弯马上就会出现的一个山谷里，道路从此就变得平缓了，就像小时候奶奶为了让我安睡，在我的背上轻轻拍打那样平缓。建筑的土砖在太阳下会变成黄色，周围除了两棵笔挺的柏树之外什么都没有。过了第二个弯之后有一棵大栎树，那是一棵很老很老的栎树，我在那里停了下来。那天晚上没有月亮，只有一些黑云把天空压得很低，让人感觉难以呼吸。当时正值盛夏，天气炎热，就是那种托斯卡纳的热，自我从北方来到了这里，我就爱上了这种炎热。天热得让人想要休息一下，希望用水将火平息，哪怕是稍微熄灭一点也好。教堂背后突然落下了一道青灰色的闪电，将后殿照亮得如同白昼，教堂从原本的天使模样变成了魔鬼的形状。然后又是一道闪电，从葡萄园一直撕裂到牧师住所。我被这暴风雨的预兆吓坏了，我想：还是回家吧。那时候，我住在山上离这里不远的一个荒凉的地方。到家的时候已经大雨倾盆，天空被照得通红，就像是被激怒的众神在搞一场乡村狂欢。我上到卧室，打开了窗户。那是扇大窗户，外面的灌木丛和岩石被笼罩在电闪雷鸣之中。原本在那里的野猪和野兔已经回到了自己的巢穴。我的房间里有一个女人，她对我说：过来睡吧。如果没有女人的话，那就是我自己想象出来的，因为当外面的电闪雷鸣把你吓到双手发抖的时候，需要这么一个女人来抚慰你：上床吧。我点了一支烟，靠在栏杆上，和空中正在燃烧的火相比，香烟的火真是微不足道。空气中的电不仅是思想的传递者，还是马可尼曾经苦苦追寻的承载着声音的电磁波。想要互联的话，并不需要打出一串数字。我想到了我的死者，我和他们之间就是这样沟通的。声音清澈明亮，丝毫没有受到打雷的干扰。他们跟我讲述自己生前的生活，说他们现在很平静，因为这辈子并没有留下什么遗憾。然后他们向我告别说：上床做爱去吧。

在此期间，我还在透过那扇窗户看着外面巴黎的天空，烤箱里一道意大利菜已经快要出锅。那天晚上的天气不错，正在无限接近钴蓝色的天空中只飘着几朵薄云。然后，圣日耳曼教堂奏响了节日的钟声。三十年前那个夏夜的暴风雨如魔法般回到了我的记忆中，被重温了一遍，因为如同打在窗户上的一个雨点能扩大到整个视野，过去的经历也能在一个短暂的瞬间里重演一遍。

从这个窗户往外望去，我看见了一座伟大的城市，看见了巴黎的屋顶，我看见了数百万人的生活，看见了世界。我可能还听见了日耳曼教堂的钟声。我突然有种幻觉，这个广阔的视野就是铁丝网让我和我的父辈无法获得的自由。我知道，关于这种自由我可以写点儿什么。我知道这在你——我亲爱的朋友看来，像是真正的自由所获得的特权。但是我还是想保持这种幻想，因为如果想在几百个血球中间找到那个承载着我们灵魂的血球、继而彻底穿过铁丝网的话，我真的需要跨过这扇窗户，就像画家在画布上点上的一笔，让自己这滴小小的血溅在下面的人行道上。那才是我应该在的地方，在那里你可以彻底读懂我。但是你也知道，真正会过来读取我的是谁呢？是法医，他会带着仪器来抽取并检测我的血样。所以我才要把话语留给你，这已经很不错了，因为剩下的一切都是话语、话语、话语……

家里传来的好消息

我的亲爱的：

　　在这个全家人翘首以盼了一年的家庭节日里，我给你写信，我甜美亲爱的人生伴侣，因为我想让你知道，即便你的躯体不能到场，你也依然在我们之间，而且比在场的所有人都更有存在感。你的存在是如此强大，罗萨甚至在你通常坐的位置上摆放了餐具（真的是她的主意，我跟你实话实说），她放了那条我们一起在马拉加①买的亚麻餐巾，还摆了……你猜她还摆了什么？你猜中了，她摆了恩里克叔叔当结婚礼物送给我们的那套餐具，说起来也怪，这么多年过去了，它们看起

————————
① Malaga，西班牙南部安达卢西亚的一个城市。——编者注

来还像是全新的一样。或者准确来说的话，它们现在其实已经不是全新的了。托马索那个小捣蛋鬼整天窜来窜去，一个没留神就会闯祸，少的那一个餐具就是被他打碎的。不过其实也没什么大不了的，那个玫瑰花瓣的小碗我们从来都没想明白该怎么用，我一直在有客人时把它当烟灰缸用。不过后来我戒烟了，我希望你也不会介意小马索（托马索小时候我们对他的称呼，现在我又这么叫他了）打碎了那个不知道用处的碗这件事。或者你介意吗？没事的，因为就算你介意的话我也可以理解，而且还是第一个理解的，因为我知道你有多看重关于家庭的一切，对于你来说它们代表着传统和你的祖先，从某种角度上来说，就连恩里克叔叔的小碗也代表着他纯良的品格。不过奇怪的是，你从来都没重视过我让你戴的那些家族首饰。就拿你叔祖母费内尔的玉耳环和紫水晶项链来说，你总是说那些首饰太摩洛哥、太埃及、太土耳其了，总之就是太中东风，和你的叔祖母们一样，最后你总是把它们放在首饰盒里，即便我们有重要的晚宴要出席，你也会借口它们和你的衣服不搭，继续冷落这些首饰。你错了。你看，也许是想让我高兴高兴吧，我们的儿媳今天就问我能不能戴紫水晶项链，她的眼睛和你的是一样颜色的，她戴上之后就漂亮极了。说起我们的儿媳，顺便插一句，她真的很能干，我相信托马索再也找不到更好的妻子了。今天她还主动做了主菜（罗萨对此有点不乐意，但是我们的儿媳马上就懂了对方的意思，把第二道菜留给了罗萨来做：罗萨，五分钟之后就把这里交给您），那道菜我没见过，我相信你肯定也没见过，（我怀疑这是什么新式菜肴，虽然她坚称这是道坎帕尼亚①的传统名菜），名字叫波西塔诺切面。我知道光听名字你就得讨厌这道菜，因为你会想起来那几年夏天我们认识的那群附庸风雅的人，他们早餐只吃柚子，然后一直挺到中午，到了下午再回到海滩上睡觉。和他们没有任何关系。酱汁里按每人一个的量放了鸡蛋（没有算小马索），将蛋黄和蛋清打散，在里面加入帕米

---

① Campania，位于意大利半岛南、亚平宁山脉南麓，濒临蒂勒尼安海。——编者注

森奶酪屑、稍稍用油炝炒的西葫芦丁、一小撮胡椒和一块黄油。至于整道菜的窍门，好像是鸡蛋不炒直接倒在刚煮好的面上，搅拌的时候最好用长勺，如果能两只手一起搅就更好了。那天天气很好，是复活节后的星期一该有的样子。电视新闻里还在报道游客们怎样利用这次四月的连休（因为周三也是假期）到各处别墅胜地旅游，他们还在用这个词，因为在过去人们经常会去各种别墅里度假，不过在我看来，这些家伙在高速公路上排了几公里的队之后，什么度假别墅根本就是无稽之谈，我觉得他们更像是出工去了。不过这还不是新闻里最精彩的部分，播报新闻的女播音员是一个金色头发的艳丽女人，领口低到令人目眩，嘴唇涂成了放肆的大红色，她像是在拍一部有些拙劣的电影一样，用尖利的声音向观众们播报说：某某高速公路的某某路段发生了车祸，涉事车共有八辆，其中三辆车起火，上面的七位乘客，除一名儿童之外都不幸遇难，由于车牌也在大火中被烧毁，目前还不能确认死者身份，警方正在试图通过汽车底牌编号联系到死者家属，但由于汽车残骸已经一片狼藉，这项工作的开展也十分艰难。现在，她又说，继续我们的报道，现在我们来看一组昨天在美国进行的汽车比赛的画面，当时也发生了一次严重事故，但是并没有造成人员伤亡，车手成功逃出汽车之后还比出了胜利的 V 形手势。

这边的情况就是这样，我的亲爱的，我有时候甚至会羡慕你所在的地方。我们真的生活在一个奇怪的时代。还是今天，我在电视上看见了一条非洲一个战乱国家的新闻，一群孩子瘦得像骷髅一样，消瘦的脸上一双眼睛大得惊人，而且身上飞满了苍蝇。过了一会儿，在另一个节目里，一个个西装革履的政治人物们受邀来座谈，第一个人说，他们党派的首要议题之一就是领养问题，需要简化领养程序，他微笑着说，我们国家的领养手续太复杂了，很多想要领养孩子的父母都等得不耐烦了。总而言之：每年世界上都有数百万儿童死于疾病和营养不良，但是不用担心，亲爱的观众朋友们，如果明年我党获胜的话，就会让你们多领养好几百个孩子。

下午我在沙发上小睡了一会儿，这是我一直以来的习惯，你也知道我睡个十五分钟就够了，然后我跟托马索下了一会儿棋。不知道有没有告诉你，托马索不说谎了，这一直是我的一大心病，现在他跟我无话不说。我早就猜可能他遇到了什么不顺的事情：有时他的眼神很空洞，有时又高兴得过了头，还有的时候会答非所问。有一次我抓住机会问了他一个直击灵魂的问题。我说啊，托马索，你有另外一个女人了，对吧？然后他说：是的。什么是的？我说，什么叫是的？你问我了我就回答你呗，他就撂下了这么一句话。托马索一直对女人有种特殊的迷恋，从他还是个孩子的时候就开始了，这一点你应该比我清楚。但是他都找了个这么好的老婆，漂亮、善良，简直就是一等一的伴侣，又是多好的母亲，你也看见她是怎么把小马索一步步领上道的。托马索，我对他说，那你找的这个老婆怎么办呢？他看着我，眼泪流了下来。这就是暂时的而已，他嘀咕着，你会明白的，也可能不太好办，我可能有点像妈妈吧，但是你就看吧，真的只是暂时的而已。我有些难受。他的鬓角开始有些灰白了，白头发比我还多，我的头发是到了五十岁之后才白的。我对他说：托马索，以后有什么事就别瞒着我了。他张开双臂对我说：你就别管了爸爸，生活就是这样的，不知道会往什么方向发展，你看吧，会恢复正常的。你可能会觉得奇怪，但是听了他的这番话之后我悬着的心放了下来。真的很奇怪，一个正担心儿子走歪路的父亲竟然就这样听信了他的话。因为就我自己来说的话，已经很满意了。然后，按他们的话来说，我就回到了私人生活里面。我的那个中标了市里的规划项目、你感觉他像鲨鱼的同事卡波尼，其实是条小鱼，是个倒霉蛋。他在我们家旁边买了块地，想要盖房子养老。房子肯定是他自己设计的，说起来你可能会觉得奇怪，建好之后那房子竟然一点儿都不丑。作为建筑师他并没有多出色，我比他厉害得多，在学校里的时候也是这样，这是众所周知的事情，但是他盖出来的房子还不赖。他的房子有一扇巨大的玻璃落地窗，朝向山坡上的花园（在东边的山上），坐拥整个山谷的视野。在空间的使用上，它很像（要我说很可惜太像了）

赖特的流水别墅①，只不过是简配版的，因为没有瀑布，但总体上来说外观很不错，内部装饰也很有品位。上周他邀请我过去吃晚饭，那天晚上过得还是不错的。他打电话跟我说：亲爱的，他说，我们都多久没见了，现在我们都成邻居了还装作互相看不见吗，我真的很想见见你，这里只有我和我妻子，你也知道，我儿子一结婚就在巴黎定居了，明天晚上你来我家吃饭啊。

我们聊了很多学生时期的事，从甲聊到乙又聊到丙。有一些学院里的事情我已经完全不记得了，而他还能说出每一个细节。比如有一次，那个萨巴蒂尼（就是教美学的那个，脾气好得跟圣伯纳犬一样）差点儿就因为一次奖学金分配不公的事打了院长一拳。接下来的话题不可避免地来到了你的身上，我已经尽量避开这个话题了：是的，当然了，我一如既往地好，托马索和他的妻子对我很关心，每天晚上都会给我打电话，我儿媳妇

---

① Fallingwater，又译落水山庄，坐落于美国宾夕法尼亚州西南部乡村、匹兹堡东南方 50 英里处的住宅，1934 年由美国建筑师弗兰克·劳埃德·赖特所设计。

是不是很棒？当然了，不过托马索配得上这么一个人，他是个好小伙，他是不是变成金融大亨了？那就有点儿夸张了。托马索上学的时候就是个数学尖子，只要扯到了数字没人是他的对手，这真是天赋。经济系毕业之后他去了米兰的一家大银行实习，虽然说"师父领进门，修行在个人"，主要功劳还得说是教的那个人的。托马索学得是不错，但是主要功劳应该记在我请的那个金融天才的头上，他真的是倾囊相授。不过要说托马索是个金融大亨的话还是有点儿夸张了，他在金融界也就算个头面人物吧，他确实给部委做顾问，不过就是有需要的时候定期去给点建议，但那不是他的职业，也是因为他这样的人在部委里待不住，他一个月至少得飞一次伦敦或者纽约的，去了他就给证券交易所给股市把把脉。你们也知道的，干这个他用不了多长时间，托马索就是这样的，在华尔街待个三天他就能知道后面几个月欧洲要吹什么风，在这方面他真是个天才。这时卡波尼的妻子说：是啊，谁能想到呢，您家托马索这么一个问题孩子，青春期过得这么艰难。在某种程度上是很难，我想缓和一下气氛，没有说得太具体：您知道的，男孩有时候就是会觉得艰难，不过一眨眼也就过去了。但是可惜他们并没有意识到他们的话会引起什么，可能轮到他们说话的时候一切就已经不可挽回了吧。我试着把话题岔开，但卡波尼的老婆是铁了心似的要让我把往事说出来，她肯定是早就计划好了的：我们终于能知道这件事的来龙去脉了，今天正是个好机会。但那不是个好机会，我亲爱的，我可以向你保证，你知道对于托马索的事我一直以来尽量不去提起。而且我得跟你说，这个我真的得跟你说，请你见谅，托马索总是认为你有理。很显然他的行动都是无意识的，看看他现在这个样子，看看他那种自信，就不用多说什么了。不过一开始的时候，他不会让任何人反对或者诋毁你，他老是强调他的那些"问题"，不过要我说，那些都是他给你造成的问题。总之就是一种"负罪强迫症"。不光是格莱塔，一开始是她极为耐心负责地为你治疗，日内瓦的一位有名的心理医生也做出了同样的诊断，那件事发生六个月后我把托马索带到了那里治疗。建议是格莱塔提出的，因为她也不知道该怎么办，你走了之后就轮到我带他去治疗。那是一个大晴天，格莱塔对我说：整件事里面我总是有什么地方想不通，但是单凭我自己已经不知道该怎么办，可能对于我这样一个治疗师来说，这个案例太复杂了吧，我们需要外援，我认识一位儿童心理学家，我很想听听他的意见。然后她把我介绍给了日内瓦的一位教授，并把给托马索治疗期间的所有病例档案和笔记都转交给了他，这也包括了托马索在家时你讲述的那个部分。去日内瓦的那天，托马索也是为你百般辩护。在火车上简直是场噩梦，他情绪非常激动，骚扰邻座的女乘客，然后又在走廊里把路过的一个漂亮女孩绊倒，对方差点儿扇了他一耳光。但是在心理医生那里他就很乖，像个小天使一样，只知道看天花板。教授是个强壮的男人，手腕有力，蓝眼睛红头发，看上去更像个工人而不是个知名心理医生，他说话有理有据，总之是个让你愿意信任的人。我想让我们单独待会儿，他对我说，他一边让我在隔壁的房间里坐了下来，一边命令托马索脱掉衣服躺在治疗床上。检查持续了很长时间，差不多有一个小时。然后他让我重新进去，此时托马索已经穿好了衣服坐在了一个板凳上，眼睛仍旧看着天花板。这一次换成了托马索出去，教授让他在我刚才所在的那个房间里坐下。他看了看我，摇了摇头，然后开始看格莱塔寄给他的那些档案。他一边看一边低声说：这就是个疯子。突然他问我：您的儿子多大了？十二岁，快十三岁了。他没说什么，继续一边看一边嘟囔着：什么什么综合征，什么什么综合征，还有什么什么综合征，什么什么狂躁症，原因不明的紊乱……您刚才说您儿子多大？他又问了一遍。十二岁，快十三岁了，我又重复了一遍。他把病历还给了我，盯着我的眼睛。尊敬的先生，他对我说，从生殖腺体来看，也就是男性生殖器官来看，您的儿子有二十岁，甚至三十岁了，您看哈，他其实和你我没什么区别，甚至可能比我们还多了点儿东西，不知道我有没有解释清楚？没有，我说，您一点儿都没说清楚。这个疯子是谁？他没有理会我。我没有回答，因为我不想把格莱塔牵扯进来，而且还是她介绍我来找这位名医的。您的青春期来得很早吗？他问我。没有，我回答，我正常。哦好吧，他说，这个标准和统计学上的一样，那您的家族里呢？据我所知也没有，我说。有一门科学叫内分泌学，教授说，它研究的是荷尔蒙系统，其实事情很简单，您的儿子的荷尔蒙系统有点超出了他的年龄的标准，相关的器官也是一样，他肯定不知道怎样用这些器官，但是他的荷尔蒙系统会促使他像自然设计的那样去使用它们，但是请您告诉我，您在十二岁的时候知道怎样使用它们吗？当然不知道了。那就对了，您就稍微耐心一点，让他自己成长，可能需要等个五六年吧，一切就会回到正轨，现在他的荷尔蒙体系可能有点儿失常，现在我解释清楚了吗？非常清楚，我回答说。他又用手在面前的病历上拍了一下，又问了一遍：这个疯子是谁啊？你知道吧，当时的情况真的很尴尬：如果这个教授真是解决了这个折磨了我们这么久的问题的话，那全都是多亏了格莱塔，她不仅是个受人尊敬的心理治疗师，同时还是我最好的朋友。所以我就回答说：是您的一位同行，教授，也是我们非常信任的一位心理治疗师，不过我还是不提她的名字了。我指的不是她，教授接着说，我指的是这另一个神志失常的人，真的太严重了，她到处都能看见鬼魂，她都不知道自己有病，这才是最令人担心的，她的情况真的悲惨。她过去确实是这样，我回答说，她六个月前自杀了。所以她是谁？他问。他的妈妈，我说，我的妻子。妈妈有时候就是太心急，医生说，她们太为儿子着急了。

我的亲爱的，在你投井之后，大家有多悲伤我就不赘述了，而且我也跟你说过，托马索当时似懂非懂，但是为了不背叛你，有那么四五年他都装作不正常的样子。后来他就不再装了，变得正常，非常正常，甚至有些过于正常。看到他恢复正常我非常欣喜，但是跟他在一起哪怕只待一天也会无聊得要死，我不知道他妻子是怎么受得了他的，她可是个好奇心和想象力旺盛的人，出轨的人本应该是她，现在发生的事情完全颠倒了。不过你别以为我和格莱塔马上就走到了一起。当然，日内瓦教授的话确实帮助我们达成了共识，理解了对方的处境。但是除此之外，我们从来从来没有在一起过，我指的是在一个屋檐下生活。我试过几个月，但是我做不到，我宁愿回到我们的老房子里，那里还留着你那些存在的亲切痕迹。问题在于格莱塔，她有很多优点确实不假，但她也是世界上最无聊的人，也可能是世界上最正常的女人：和你不一样，她从来都不会发脾气，从来都不会有什么疯狂的点子，从来都不曾拥有直觉，也从来都不会有什么异想天开的想法，而这些才是生活真正的佐料。在听完患者的各种故事之后，她每天晚上到家的时候都很疲惫了，吃上一份沙拉或者一个水果之后，她就坐到了电视机前，后来她甚至搞了一个托盘，这样就可以边吃边看电视，她特别爱看一个采访各国政要的油腻男主持人，真的是难以置信，而我都是早早地就上床看书。你知道我想说什么吗，后来我突然想到，也许真正的疯病在于，一切太过于明了，你同意吗？

当然你的那个举动真的是太可惜了。已经过去了有几年，很多很多年，我亲爱的，真的有很多年。但是你能看得到，我们丝毫没有忘记你，我没有忘记你。你一直和我在一起，你知道的吧，你从不曾离开我的生活。即便我的生活现在只剩下了百分之十。但是当我的生命像你一样来到百分之百的时候，将会是多么美妙，多么激动人心。我会激动到身体的每个细胞都湿透，就像是吸饱了海水的海绵一样。因为说到底，我亲爱的，如果一直是淡水，甚至还有点甜，没有了盐来唤醒味觉的话，我们该靠什么才能活下去呢？

只剩一根弦的竖琴有什么用？

如果晚上这个声音将你吵醒的时候，你正抱紧着身边的丈夫，如果你想醒着那就醒着吧，但是你要装作仍在熟睡。

（《夜里的声音》），那不勒斯歌曲，
尼科拉迪和柯蒂斯演唱）

我的爱人：

　　我偶然得知你还活着。老菜贩沙利亚·法拉萨的祖辈是意大利人，老人坚持不放弃自己和母国的联系，所以订阅了一份报纸，每天投递到他的店里。不过他有时候看都不看，第二天就用它包了沙拉。报纸上每个星期都会刊登一次某个省里的新闻，就是你我相识的那个地方，你看，我到现在都还记得。我清楚地记得，我们骑自行车穿过的那些灌木丛间的小路，秋天的早晨，有时候土耳其栎木林中会升起一种蓝色的薄雾，还有平原上的农舍，你的父母当时就住在那样的农舍里，还有你的微笑。真的很奇怪，我从那个卖给我果蔬的人那里拿来这份报纸，我看到了四十年前同样的微笑，那时你对我说：再见，明天见。

事情如何发展，在其中主导的又是什么？什么都没有。八月的晚上，太阳快要落山的时候，我们那里的海岸松会被染成火红色，它们先是从白天的墨绿变成金黄，再变成粉色，然后是砖红，也许卢梭里奥斯[①]被人称为圣洛索雷[②]正是出于这个原因，有的时候从错误的词源反而会得出正确的结论。我想：红色。然后我想到了羞耻。我下了自行车，感觉自己的脸热得发烫，就像是松树林的颜色一样。在离我几米远的地方，也就是过了那条两边被圆墙包围的小路之后，就是阿斯科利家的房子。还留在家里的只有露琪亚娜和她最小的表弟，她的叔叔婶婶们后来再也没有回来。那个噩梦发生距今已经有三年，我们大家都知道他们遭遇了什么厄运，他们为什么还要继续等待？我为什么就没再去跟他们说点儿什么呢？哪怕是一句晚上好、一个音节？我知道你会说

---

① 卢梭里奥斯（Luxorius），古罗马诗人。
② 圣洛索雷（San Rossore），比萨人对卢梭里奥斯的称呼，rossore 意为红色。

什么：是啊，就拿你的叔叔婶婶来说吧，你为什么要继续等他们呢？你从不提起他们，就好像他们是出去郊游了，下一秒可能就会回来。因为是这样的，我会这样跟你说，因为是这样的，因为一切都太荒谬了，这种荒谬令人难以承受，所以我也只好假装我的家人们第二天就会回来，我们甚至能嘲笑那个侏儒扮演的皇帝颁布的法律，还会在此基础上发明出一些笑话，我们当时就想：反正我们什么事都不会有，他们都是些袒胸露背的粗人，而我们有文化、有传统，还有两个钱。然而就在一瞬间，一切都消失了。我就在想：我进去吗，不进去吗？进去吗，不进去吗？就好像在揪小雏菊的花瓣。最后我没进去。这时候我已经抽了十来根朱贝克香烟，我把烟蒂扔在地上踩了踩，重新上了自行车回到了家里，在那里已经没有人在等我，我也没有在等任何人。

我的爱人，请原谅我还像过去那样叫你，这么多年过后，我真的不知道该如何称呼你。如果有一个你深爱的女人，她曾经每天对你说"再见，明天见"，但突然有一天她不辞而别，连一个字条都没留下，你该怎样面对她呢？因为你永远是我的一生所爱，是我的女人，和其他那些女人为数不多的约会只是纯粹的肉体欢娱而已，然而每天晚上我辗转反侧想要入睡，孤零零地在床上拥抱着空气时，亲爱的我告诉你，我真的做梦都想能将你揽在怀中。我还记得逃亡的第一天晚上，那是在那不勒斯，我第一个落脚的地方是个小旅馆，在黑暗中我低声哼唱着《夜里的声音》，就好像在黑暗中唱着这首歌你就能听见我的声音，听见我愿你早日找到一个好人的祝福，那是一个愿意在晚上把你揽入怀中的男人。在他的臂弯里，你可以忘掉我对你造成的伤害，他性情温厚、没有罪过，也很天真，从来都没有人伤害他。因为当我感觉自己是个受害者的时候，我就不再天真了，和你在一起我又变成了一切犯罪中最有罪、最卑鄙的。

但是，昨天我又在蔬菜水果商的报纸上看见你了，我曾经试图埋葬的一切。日复一日，年复一年，等到地老天荒才埋葬的一切、我漫长的努力，就像变魔术一样突然烟消云散，或者应该说，我的脚下突然出现了一个时间的无底洞，我在里面越陷越深，并且加入了你。因为你没有办法抵抗带着青菜叶子报纸上的一张照片，我将你眼睛上的土拂去，你就在那里，我也回到了那里。那张照片很美，因为它很诚实，从某种意义上说，它尊重所有逝去的时光，包括那些岁月所象征和代表的几代人。它刻画的是你的侧面，手里拿着一张纸，显然正在阅读。因为我了解你，你总是头脑清晰，甚至不需要阅读。你的旁边站着你的孙子，解说词中是这样写的，他叫塞巴斯蒂亚诺，会演奏管风琴，和他的名字很相称。他是个英俊的小男孩，高高的颧骨，头发微卷。他真的很像你，我很想抱抱他，因为他让我想起了你小时候的样子，我多么希望他是我的孙子，多么希望他是我们的孙子，是我们没有机会繁衍出来的儿子的儿子。那篇报道行文很优雅，上面说他用管风琴演奏了巴赫创作于1762年的竖琴协奏曲，到场的观众听后大为感动。世事难料啊，也许正是因此我才鼓起勇气给你写信的：你的孙子用管风琴演奏的这首献给竖琴的独奏，正是1948年一个夜晚，在一个农舍的草坪上，当八月的新月才刚刚要升起的时候，我用竖琴为你演奏的那首协奏曲。伴着你的微笑和樱桃树上挂着的明月，音乐的旋律回荡在空气中，那声音来到小山脚下，弹起，又返回，掠过我们，随着微风吹乱树叶，在大自然的声响中消散。瞧，你低声细语，暴风雨要来了，我能听见它从平原上过来，别再弹奏你的乐器了，我的小大卫，要敬畏自然的力量。我收起乐器，我们享受着同样的音符，看着远处火焰在地平线燃起，等着它也慢慢平息下来，就像是血液在快速循环之后在我们的身体里爆炸，是该休息一下了。在报纸上的照片传递给我的沉默中，我开始观察你面前的观众。你的儿子和丈夫坐在了第一排，他们有着那些注定有个好母亲和好妻子的人的幸福表情，从观众脸上的微笑可以看出，你在当地也是位好名声的赞助人，所以他们才会对你所做的报以敬意。就这样，仅凭菜贩报纸上的一张照片，我就了解了你的生活，现在我想让你也了解一下我的。但是要怎么讲呢？要如何讲述一个选择以死亡作为自己的伪装、将自己和生活隔绝开来的人呢？讲不了，我对自己说，也许我可以稍微聊一下我所在的地方，但是细节以及其中缘由我万万不能提及。而且，我的生活细节你都了解，我的细节就是声音——我用乐器弹奏出来的声音。我并不是每晚都有机会弹奏出这样的声音，刚开始的时候尤其艰难，当然后来也不见得有多容易。我离开的那一年，你的祖国——其实我也乐意把它当成自己的国家，当时正在经历自己心目中的新生。空气中弥漫着躁动，热情! 多年之后，他们终于可以投票了，你想想看吧，这让他们感觉自己既热情又充满活力，他们没有把自己看成是幸存者，而是直接获得了重生，这种幻觉一向很美好。与此同时，我来到了那不勒斯，租下了小巷子里的一间公寓。这是我第一个落脚的地方，这里我就不向你赘述了。但是我想对你说，那不勒斯是世界上最美的城市。我指的并不是城市本身，在这方面它和其他城市可能并无二致，但是说到人的话，那不勒斯人真的是世界上最美的一群人。在我住的那条街上，同时聚集了水果商、鱼贩和地痞。但这只是他们白天的身份，因为每当夜幕降临，白天的喧嚣逐渐沉寂下来之后，这些小商贩和小痞子们就不再是水果商、鱼贩和地痞，他们的大脑中只剩下了乡愁，就好像他们在前世里是和今世不一样的人，或者在来世他们可以拥有不一样的人生，不再是水果商、鱼贩和地痞。他们拿出椅子坐下来，像看地平线一样看着巷子和脏乱的周遭，突然，有人开始哼唱起一段旋律，比如《夜晚的声音》，他唱得很慢，而且只是在用喉咙发声，慢慢地，其他人也加入了进来，就像是一种集体祷唱，直到一个声音盖过了其他声音，你会听到"你是那么遥远，多么令人悲伤"，但这种悲伤不仅仅属于他们自己，同时也属于当年他们远走美洲的父辈和祖辈，他们在替别人感受这种悲伤，就好像是一种必须继承的遗产，现在在他们感受到的沉重和折磨有过之而无不及。我用竖琴为他们伴奏，晚些时候我会把竖琴存放在一个水果商的店里，他就是所有人当中声音最好的那个。他是个胖子，长得也其貌不扬，甚至一只眼睛有点斜视，也许正因为如此，自然才补偿给了他一副好嗓子。到星期六的时候，我会穿上燕尾服，参加当地大剧院交响乐团的演出，在我面前，当指挥舞动着指挥棒时，我看见的观众都衣着得体，男的穿礼服，女人配长裙，他们享受着只有音乐能施展的魔法，从而忘记了现实世界的丑恶。在那座金碧辉煌的剧院里，我是交响乐团里的竖琴手巴鲁克（名字是我自己选的，我相信你肯定也会喜欢），从来都不曾有过独奏的机会。不过我还是参加过一些演出的，比如在剧院翻新装修后重新开放时举办的一场卡斯泰尔诺沃－特德斯科的弦乐四重奏和单簧管竖琴协奏曲，我在其中担任竖琴手。另外还有维拉－罗伯斯作品的竖琴、长笛、单簧管、萨克斯和吉他五重奏，这算是当时我们拼凑出来的一支乐队。不过需要说的是，当时乐队正在慢慢组建中，每个星期都会加入一种新的乐器，因为在当时吃饱饭都还是个问题，我们很多人都穿着破洞的鞋子，尽管如此我们还是没有放弃。一直到了四年之后我才决定离开。而且也并不是因为我不爱那座城市，我说过，对它我是全心热爱的，之所以离开，是因为当时的我突然想来一次……我不知道该怎么说才好，一次清点吧。可以这么说，并不是一次真正的清点，而是一种检查，听起来有一点荒谬，就像是暴风雪之后在雪地里寻找脚印那样。

一个长笛手告诉我，萨洛尼科的交响乐团正在找一个长笛或竖琴，因为这些都是不太常见的乐器。他的妻子儿女都在那不勒斯，所以我就去了。

萨洛尼科是一座和那不勒斯很像的城市，不是很漂亮，但和那不勒斯一样聚集着一群拥有美丽灵魂的人。就城市本身来说它也很美，只不过它的美需要去发掘。比如在港口那一带，海滨大道和市中心的咖啡馆和酒店在这里戛然而止，萨洛尼科在这里变成了小破房子、缆绳仓库、拉达迪卡街区的油库。在这里你会感觉来到了地中海、巴尔干和近东的某个地方，这里杂居着形形色色的人，比如渔夫和临时工、流浪汉和季节工，在这里区分不出摩尔人[①]和菲迪亚斯[②]。这就是杂糅的美好之处，你很容易就能混入其中，没有人会找你，也不会有人问你是谁、来这里做什么。我就是这样做的，化名为巴鲁克斯。我让别人以为我来自

[①] 摩尔人，欧洲人对于穆斯林的一种称呼。

[②] 菲迪亚斯，被公认为是伟大的古典雕刻家，其著名作品为世界七大奇迹之一的宙斯巨神像和巴特农神殿的雅典娜巨神像，原作已毁，有众多古代复制品传世。——编者注

意大利亚历山德里亚，我不懂希腊语，虽然我已经一点点在学了。

也正是在萨洛尼科，我第一次演奏了亨德米特的《小夜曲》。指挥家名叫斯塔夫罗斯，这位老先生有一条腿是假的，拿指挥棒的时候就像在拿着勺子吃意面，也可能这只是伪装，因为他指挥得真的很出色。至于我呢，那天晚上我的手指就像是在琴弦上飞翔，我感觉正在演奏的并不是自己，而是竖琴本身。演出可以说是相当成功的，我相信伊奥亚娜女士应该还留着当时的剪报，不用说报纸上全是一片溢美之词，可能也是因为作曲家本人受到了纳粹的迫害，一辈子都是在流亡中度过的。后来，接下来的一个星期，在演出贝多芬大获成功之后，指挥家让我演奏维拉－罗伯斯的《竖琴协奏曲》。观众的热情被彻底点燃了，他们纷纷起立，掌声久久不歇。希腊的观众就是这样的，非常容易激动，他们不让我离场，指挥示意我赏光返场再演奏一曲，对此我求之不得，我准备了卡塞拉的 1943 年《小夜曲》，那是一段非常催泪的音乐，就像是在召唤死者，很可惜卡塞拉是个法西斯分子，他配不上自己的艺术，演出是在阿基奥斯·杰奥吉奥斯[①]的圆形拜占庭教堂里进行的，那是这个世界上最超凡的地方之一，即便你不相信神圣，那里也能让你感到神圣。但是那些观众知道什么是神圣：战争才刚刚结束不久，太多人成为了遇难的冤魂。我看到在前几排的观众里，不仅女人，老人们也在哭泣。城市里没有任何杂音，竖琴是唯一能听见的声响，它好像在庇佑着幸存者，还没等我来得及意识到，我手中的旋律就从卡塞拉的和弦变成了一首叫作 *Thaxanarthis* 的希腊老歌，意为"你会回来"，观众们开始低声说着什么，听起来不像是人的声音，就好像是周围的大地海洋以及整个大自然在和我们一同呼吸，呼吸中又带着吟唱。然后，随着我的演奏结束，歌声也戛然而止，所有人都默默地站起身来，女人们画着东正教式的十字，我们一起走出门，来到了萨洛尼科的夜

---

① Agios Georgios，希腊爱奥尼亚群岛科孚岛的一个村庄，风景优美。——编者注

色中，各自回家。

那些年里，我在萨洛尼科的家一直都是佩特罗斯公寓。那里位于拉达迪卡，就在经过了油库和缆绳仓库的地方，那一带后来成了储存冰冻鱼和燃油的地方。在我刚到希腊的头几天，我看见了一个女人，当时她正在用石灰抹平墙上的弹孔。她有着我们的轮廓，漂亮的头发和饱经风霜的脸。我对她说法语，她听不懂。我不想跟她说意大利语，不知道是出于什么奇怪的直觉，我对她说："Estó buscando un lugar por dormir"，[1]她用拉蒂恩语[2]回答我，或者说在当地应该叫塞法尔迪提卡语，然后她问我来自哪里。不知道怎么，我就回答了。那这里有一个房间可以给你，我正需要有人能帮我收拾一下我的佩特罗斯造的这个房子。

我待的房间可以看到大海，再往前的右手边是卡尔西迪卡山，那里会让人有种来到东方的错觉。我整晚

---

[1] 西班牙语，我在找睡觉的地方。
[2] Ladino，拉蒂恩语，意大利多罗米蒂山区的一种语言。

整晚地待在那扇窗前，看着灯火在远山之上逐渐亮起，我想起了灌木丛边缘的房子，想起了一个夜晚，想起了我在那里演奏的音乐。我的床头是金属的，上面画着阿卡迪亚的一个场景：一个脚踝上绑着白色布带的牧羊人在给羊群吹奏横笛。床上方的墙上挂了一幅拜占庭基督像的复制品，它是由上世纪一位不知名画家为这一带的农民和牧民临摹的。床的旁边有一个床头柜，里面放着我的内衣，床头柜的旁边则是一个樱桃红的柜子，我经常把燕尾服挂在里面，柜子里还有一面斑驳的镜子，我总是避免看到里面的自己。我不仅在萨洛尼科演出，还会去亚历山德罗波利斯、雅典、帕特雷和贝尔格莱德这样的地方，在非常重要的时期，有时候还会进行欧洲巡演，至少报纸上是这么说的。我的乐器演出任务不是很繁重，我只会演奏大音乐家的知名作品，至少对我来说是很有名的。只有在某些场合下，我才演奏一些不那么知名的曲目，比如米格① 的《诗琴小夜

---

① 米格，20 世纪的法国作曲家。

曲》或者佛瑞[1]的《即兴曲》，而且这还是我主动要求的。那天晚上，我记得很清楚，我们在帕特农神庙下的狄俄尼索斯剧院演出，观众是一群刚从两辆蓝白色大巴车上下来的法国游客。他们想要寻找希腊风格和颓废主义音乐，我想给他们一些真正的颓废，而不是那种为了叫座而生产出来的伪颓废风，我想向他们展示什么是绝美的颓废，就比如米格和佛瑞的那种音乐。伊奥亚娜每年会来看我三次：她生日那天、东正教的复活节以及她的结婚纪念日。她来的时候也不敲门，进来之后就把门虚掩上。佩特罗斯，你睡着了吗？她在黑暗中低声说。没有，我回答，我在窗户边上，有点儿失眠。那我的佩特罗斯想什么呢？她说着就钻进了被子。在想一个农舍，我说，在想有暴风雨的那个夏夜的音乐。

星期六我会在老城里转一转，观察门铃上的名字，那些既不是我们民族的名字，也不是数个世纪以来一直把持着这里的希腊人的名字。有时候，非常少的时候，

---

[1] 佛瑞，19 到 20 世纪的法国作曲家。

我会按响门铃。你想找谁？你肯定会这么问我。是啊，找谁呢？一个女人，一个年迈的幸存者，同时也是一个外乡人，她会问我你有什么事或者你找谁？我确实在问自己：我有什么事？我找谁呢？难道我以为自己是那个负责清点部落人数的大卫？那我是要清点什么呢？如果我能称之为清点的话？我难道在收集影子吗？可不是吗，我花了二十年时间收集影子，这就是我在萨洛尼科做的事情。我感觉，晚上的那些演出几乎就像是把音符收集到了一个无底的篮子里面。音符可以收集吗？收集不了。它们从空气中来，也在空气中去，因为它们就是空气做的。

当我离开萨洛尼科前往埃及亚历山大的时候，伊奥亚娜帮我把行李一直拿到了登船的地方。我本想劝她不要来，因为不能让女人服侍男人，但是她像贵妇一样叫了一辆出租车，还戴上了带面纱的礼帽。我不知道是不是她结婚那天戴的那顶，不过这也无关紧要。她对我说：克里斯托莫，我透过面纱爱着你，如今我也透过面纱向你告别。然后她用我们的语言说："va a la bon hora，el Dios que sé con ti"。^① 我看见她在码头上站着，挥手向我告别，她挥着的手慢慢地变成了双手前举，就像是在跟不言而喻的生活投降，其实我们俩很早以前就投降了。我到希腊的时候给自己取名叫克里斯托莫，到了亚历山大之后这个名字还保留在乐团的节目单上。严格来说，那都不能算是个乐团，起初我们只是个四重奏：一个竖琴、一个长笛、一个双簧管和一把大提琴。但这也是后来的事情了，因为刚开始只有我一个人。我在萨洛尼科的报纸上读到了一则广告，塞西尔酒店在找一位在开胃酒时间为顾客们演奏的乐手，而且注明要古典音乐和古典乐器。我给他们发了一封电报：演奏古典音乐的竖琴独奏。我们的合同也是通过电报形式签订的。

　　五十年代末的时候，亚历山大就已经像现在这样破败，不过还是有不少"上流阶级"光顾当地的两家豪华酒店：温莎城堡和塞西尔酒店。我在酒店经理面前试

---

① 西班牙语，去追寻好时光吧，上帝与你同在。

166

弹了一曲，他是个马赛来的法国人，假装懂音乐的样子。我们商量好了一份可观的薪水，还包膳食。而且他们还向我提供了一个服务员住处原本用来放玩具的阁楼，五十年代的时候酒店大厨曾经在那里住过，他好像还颇有些名气。房间的视野很好，他们很骄傲地带我参观了毛姆和丘吉尔住过的房间，不过我只在那里待了一个星期的时间，之后我就在喜欢的公寓里找到了一个房间，也就是我现在正在给你写信的地方。有一些宾馆很奇怪：它们会让你感觉，在这里住过的那些名人将自己的不幸留了下来，对于我这样突然消失的人来说，这种不幸福最好是由不知名的路人留下的，即便他们同样曾经住过这个房间，同样曾经在斑驳的浴室镜里看着自己的脸。总之，虽然有些陈旧，亚历山大的"中心区"还是很漂亮的，即便如此，我还是选择要离开市中心。我在清真寺后面的沙利亚－阿尔－纳比区找到了一个小公寓，那个区由意大利人建设，算是他们为我们所做的为数不多的好事，虽然建筑本身没什么亮点，用的是俗气的粉色大理石。

我在塞西尔酒店演奏了七年。七年是一段很长的时间，但我并不是他们的仆人，因为塞西尔酒店不是拉班①，我也不是牧羊人，那完全是另外一回事。晚上的时候，我会穿上酒店的一套有些破旧的礼服（燕尾服是留给特别重要的场合的），为客人们演奏三个小时，从下午五点半到晚上八点半，在此期间，客人们会喝一些开胃酒或茶。那段时间里，我在晚上弹的都是些入门级的曲目，适合那里的听众和定位：比如霍夫曼的《曼陀铃大练习曲》和拉威尔的《竖琴快板》，它们的共同点是很好懂，同时欣赏体验也相当不错。确实，和拉威尔原本的创作相比，还少了六种乐器，不过一个人的话还是可以尽其所能，听众们也很满意。而且，在大部分时间里，听众们的注意力也不在音乐上，他们都忙于闲聊、看别人或是享受被看见。通常快到八点的时候，在一层橙色的光短暂登场之后，亚历山大城里就变成了青灰色，在弹完了一首首古典曲目之后，我手里的竖琴突

---

① 圣经中的人物，曾经向雅各许诺，如果他为自己牧羊七年，就把女儿嫁给他。

然弹起了《夜晚的声音》的旋律，我想要尽量摆脱和弦的束缚，最后创造出了一种奇怪的氛围，不知道是被施了什么魔法，客人们可能是被感动了，他们的时间仿佛是被暂停了，我看见众人手里的香槟举在半空中，侍者们正在将装有乌鱼条的盘子放到桌子上。

当我在交响乐团谋得了一份工作之后，我决定在乐团的名单里只保留克里斯托莫这个名字，因为在我看来它才是我的名字。不谦虚地说，我的首秀大获成功。头几次的时候，我只是弹和弦而已，这对于交响乐团里的竖琴手来说是很稀松平常的事情，但是那一天，整个晚上都是属于我的，因为曲目中有莫扎特的《长笛、竖琴和管弦乐队协奏曲》，那是为竖琴而写的最美的曲目之一，甚至也是整个音乐世界最美的曲目之一。管弦乐队的发挥非常出色，长笛也不错，但是莫扎特把最好的部分留给了竖琴，克里斯托莫也没有浪费这个大好机会。

就这样，好几年过去了。普通人根本意识不到这一点，但是对他们来说也是如此，还没等你有所反应，很多年就已经过去了。说到那些我还记得、又能讲给你听的事情的话，有一次，我和乐队一起来到了阿布辛贝[①]，那一天非常特别，我们要为一个大型国际组织演奏，他们刚刚为修复神庙募得了资金。那天也确实来了很多大人物，他们都坐在有着上千年历史的石头之间。那天晚上很美，天空中能看见月亮。我获准可以自行决定演奏曲目，第一首我选了德彪西的《神圣与世俗舞曲》。接下来，短暂的休息过后，我演奏了《竖琴独奏》。这首曲子可能没有那么出类拔萃，但是它对于我有着特殊的意义，因此对于我来说，那天晚上在沙漠里它也同样出色。你知道吗，在夜晚的沙漠里，如果有月亮的话，沙子会像海水一样闪烁，看上去一片银白。在演奏时，我想到了我们的家，想到了你。这是我在消失之后第一次去想这件令人无法自拔的事情，那句让我离开的话至今仍然在我的大脑中回响：如果竖琴只有一根弦，其他的弦却断了，那它还有什么用？

---

① Abu Simbel，埃及地名。——编者注

我不知道后来我为什么从来都没想起过这句话，也不知道为什么会发生这一切。事情如何发展，在其中主导的又是什么？什么都没有。那是沙漠里的一个晚上，沙子在月光下闪烁着，我弹着手里的竖琴，我开始感觉到，每弹一个音符，我周围的沙子都会回应我一次，千万百万颗沙子从长眠中苏醒过来回应我，我弹一个C小调的do，它们回应我，我弹一个降低伴音，它们也回应我，那些声音、那个晚上栩栩如生，听起来可能有些不可思议，但正是在这些曾经消灭它们的焚化炉里，声音们获得了重生。

之后我就再也没到外地演出过，一次都没有。我就待在这里，我的公寓里，我的这个房间里。我也不再为乐团演奏，因为我太老了，只有当竖琴手没办法从首都赶来的时候，我才会临时代班，现在的竖琴手们架子都大得很。那是个很空的房间，你也是知道的。右边有一面镜子，然后是一张床，在上面我做了很多关于爱的梦。那张把你带回给我的报纸上说，你很快将会受邀来到这个国家，因为你是这两个兄弟城市的和平女神，有意思的是，这两个城市在过去是死敌。这很好，因为你的一生因此获得褒奖，意义当然重大。我不会出现在出席的人群中，不过就算我去的话也会好像不在那里一样。但是，也可能有些人的人生意义就在于此，他们毫无觉察地寻找着消失的声音，可能有一天他们会以为自己已经找到了，而他们自己根本没有意识到。那天晚上他又累又老，在月亮下演奏着，收集着从沙子里面出来的所有声音。真是个奇迹啊，他想，其实并不是，因为我们不需要奇迹，奇迹还是留给其他人吧。那样的话，你想，可能只是个幻觉吧，一种可悲的幻觉，但是至少就你弹奏那支曲子的一瞬间来说，它确实是真实的。你度过这一生也仅仅是出于这个理由，而且你还感觉为鲁莽赋予了一些意义，难道不是吗？

善良如你

有些事情我们可以掌控，有些我们则无能为力。可以掌控的是观点、情绪和厌恶。

（埃皮克提图，《手册》）

我的亲爱的：

"……因为对我来说不能再这样下去了，你可能没有意识到，但是我有责任为自己着想，救赎自己。有那么几个晚上我都在想：对于他来说我到底是什么？一个渡口？一个壁炉？一种慰藉？难道真的要我满足一切需要，真的是一切需要吗？你知道我是爱你的（或许曾经爱过你），但是请替我想想吧，你这个让我受罪的人，哪怕一次也好，替我想想吧。你的所作所为当然是值得颂扬的，我不否认这一点，如果有天堂的话，你绝对有资格进入其中，虽然对此你可能不像我这样笃定。我也明白你感觉自己背负了全世界的苦难，但是你要知道，单凭你自己是不可能解决所有问题的，就算有你这样的人，世界上的苦难还是在那里，并且会一直存在下去。就拿你上一次去阿比西尼亚①来说吧。你就那么出发了，前后不到二十四小时，而我还在威尼斯我妈妈这里，就因为你的组织从巴黎发了一个电报，让你临时去一趟。你在最后时刻才从机场给我打来电话，当时你都已经在登机了，我不知道你对此有没有感觉到不对。你觉得这么做对吗？你对我说：看看他们从巴黎发来的照片你就能明白，我给你放在门口的柜子上了。我从威尼斯回来之后（因为你我不得不坐了16∶41的火车，18∶48在博洛尼亚转车，最后19∶47分才到的家，威尼斯距离可不近，我本来打算在那里过夜，要不然日内往返会把人逼疯）做的第一件事就是看你那些恐怖的照片。照片上是个干旱的平原，大地龟裂，一群人住在一个大帐篷里，女人怀里抱着孩子，那些孩子腹部肿胀、双眼凸出。你从所在的组织的飞机上下来，卸下生活物资，搭建起野外医院，穿上白大褂戴上消毒手套，在发电机

---

① 阿比西尼亚，埃塞俄比亚的旧称。

177

供电的手术灯下，在那些可怜的孩子身上施展你治病的技艺，我理解这一切能让你有什么样的感觉。再声明一遍，我能理解。但是你也得理解我。我把那些恐怖的照片扔进了垃圾箱，接着立即搭乘第一班火车回到了我妈妈那里。鉴于我目前的精神状态，我肯定不能像佩内洛普一样独自在家等着你。你也知道的，贾尼不光对我很好，也对你很好，即便他不认识你，但是他很尊敬你的为人，我相信，你天性纯良，肯定能理解这一切？

你看吧，就算你继续说也是没用的，真的，我亲爱的，因为你知道没有人更理解你，但是我还想继续听你说，因为解释得更具体一点也能让你看起来多一点轻松，少一点罪过，这是我不想看到的。那个贾尼到底好不好的问题就不用再深究了，尤其是关于他的文明意识这一点，从见到他的第一面起我就明白了。至于他每天早晚给你打电话的事，你也不要当回事，更不要害怕，我知道你感受到了整个世界的苦难，但是，你不是那个能治愈他们的人，这个世界一直在受苦，而且还会受苦，尽管有像你这样的人存在。因为这意味着有人想要关心你，在那段糟糕的日子里，这正是你所需要的。当你那天说你决定去我们海边的老房子过周末的时候，我也完全能理解，突然你停在了路边上，熄灭了汽车发动机，据你说，你是"被困住了"。你知道发生了什么吗？让我来告诉你。用心理学术语来说，你是"恐慌"了。你只是恐慌症犯了而已。当然，我不是说就不用追究恐慌症的心理学原因，就你的例子来说，你其实就是遇到了一次严重的紊乱。因为你也说过，你要自己一个人待在那个孤零零的房子里，而我就像人间蒸发了一样，一想到这些你就产生了深深的被抛弃感，甚至是心力交瘁的感觉。做这样一件事到底有什么好处，一个人会这样问自己，但是又没得到什么答案，也就是说，为什么要去这样一个房子里过周末，因为在那里我曾经和一个人共度过很多美好时光，如今这个人已经不在了，屋子里的一切，家具、物品，甚至是碗碟都在向你诉说关于那个人的事。甚至都不需要你把自己的善良分给我一点，我也能明白这个道理，这种事连沙子都能明白。正因为如此，我也第一次明白了你和那个贾尼的关系非同寻常。说到底我还要感激他，你知道吗？我明白他成为了你的一个参照点。所以那天你才对我说，你恐慌症犯了，虽然这个说法是我教给你的。幸好路对面还有那家兼卖食品的咖啡馆，从一定程度上来说，那个假腿老人的店可以算是我们这个小渔村的行政机构了。你把车留在了那个曾经诞生过吹鼓手诗人的老房子的下面，你最后还是进了家，给那个贾尼打了电话。你或许以为我不明白你为什么给那个贾尼打电话，除了他之外你还能打给谁呢，打给人在阿比西尼亚的我吗？因为那天我真的在阿比西尼亚。

贾尼是个好人，阅历也很丰富，最重要的是他爱你（他爱我们）。他对你说的话都是一个爱你的人才能说出来的，这些你都在信里转述给我了：都是些友好的、能让人平静的、充满感情的话语。那些正是你需要听到的话。因为人这一辈子总是需要听到一些想听的才行，而贾尼呢，感谢上天，他正好知道怎样对你说这些你想听的话。也多亏了他的话，你取了车一直开到了我们家，那里距离村子不到一公里的距离，你穿过了橄榄园（对了，他们已经把这里改成葡萄园了，这些新主人真是贪得无厌），最后终于进了家们。你关上了门窗，因为你在信中也说过，你不再觉得屋子里有鬼魂，我不在的感觉也不再那么令人焦虑，你穿上了一件毛衣，你明白了一切没有你想象的那么可怕，不管怎么样，生活都还在继续。

剩下的部分，除了你告诉我的之外，我是自己想象出来的。如果你能亲口告诉我的话，我还是会很大度地表现出高兴的样子，因为当一个男人出去了一段时间（虽然这段时间有点长），回到家之后发现家里没有自己的女人，取而代之的是柜子上的一封信的时候，他就是应该这样大度。我并不否认我当时确实感到有些意外，因为说心里话（看我是有多傻），当我还在那趟惊悚的航班上时，我本想邀请你到埃西奥多餐厅吃饭，就是那个吃鱼汤和铁板牛排的老餐馆，我当时非常肯定你会在吃饭的时候问我：进行得怎么样？你还好吧？受了不少苦吧？然而那个人却只找到了一封信，上面还说他以后会明白的，真的很棒吧？而且我也跟你说过，我什么都明白，只不过有一点我需要说明一下，在说到我是个好人的时候你有点夸张了，因为我并没有你说的那么好，而且，也可能是我多想了，你在定义我是个好人的时候抱着一种居高临下的态度，我不敢说那是一种蔑视。

无论如何，你要知道，剩下的我全都自己想到了，你真的没必要再跟我说一遍。一个星期之后，贾尼送了你一部手机（那时候才刚有手机！），对你说：有问题的时候，就给我打电话。当然他也告诉了你一些使用手机的注意事项，因为就算他二婚已经三十年了，也还是要小心为上，这完全可以理解。不过我们所有人都心知肚明，当一个人说自己对伴侣忠贞不渝的时候，他其实在说自己的婚姻生活很单调，或者干脆说白了就是：他的婚姻就是一场灾难。而且虽然贾尼已经上了年纪，也还是一个英俊的男人。如果他还屈尊扮演追求者角色的话，那就更加无法抵挡。不过这种追求指的并不是平常所说的那种拙劣的追求，而是一种真正投入感情的关注，他真的去关心，他真的想知道这个女人现在怎么样、这一天都干了些什么、睡得好不好。风和日丽的一天——也可以理解，这样一来你可以省下电话费了——你把他请到了我们海边的家里。你用他送给你的手机给他打电话，告诉他说：贾尼诺①，多亏了你的帮助，我现在已经在橄榄园中的家里了，我想要请你来吃晚饭。贾尼二话不说就答应了。

你知道吗，你的整封信都非常真诚，也得到了我真诚的理解，但是有一个地方说不通。你可能会觉得有些奇怪，或者你觉得就是个无关紧要的细节，就是你说你回应了一个感情诉求那里。或者说，你回应了一个求爱申请。当一个人爱上别人的时候，我们才会说爱情，我希望你能秉持我们生活中一贯的真诚，写信给我解释一下这件事。你本来可以（或者说应该）对我说：就是吧，你不在的时候我爱上别人了。爱的深与浅并不重要，因为爱情也有级别，就像发烧一样：可以是

---

① Giannino，贾尼诺，贾尼的昵称。

发高烧，也可以是发低烧，不过总之都是体温上升。但是你没有，你就这么把你的贾尼一笔带过，就跟吃了顿补给品一样。你就像是在说：就是吧，你不在的时候我吃了顿补给品。这是我在一本人类学书上看到的，在坎塔布连海岸地区，那里有很长的向外移民的历史，男人们登上轮船在外面漂泊很久，当他们不在的时候，他们的妻子会再找一个好男人为伴，度过这段孤单无靠的日子，这种角色就是叫这个名字：补给品。他们并不是生活在一起，也不是重组一个家庭，完全没有这回事，这只是准寡妇们的丈夫回来之前的权宜之计。那个跟她在一起的家伙是谁？他啊？他是玛利亚或乔亚琪娜的"补给品"。这是一件为社会所接受的事，没有人会说三道四。现在，我不想否认在头两三个月里贾尼充当了你的"补给品"。而且他在这方面应该是个高手：他有过两任妻子，三四个女朋友，可能除了补给那些饥渴的女士之外，他这辈子就没想过别的。但是如果一个人在七个月之后回到家，没有找到自己的女人，而是在柜子上找到了一封信的话，你要允许他觉得这就不是"补给品"这

184

么简单了。尤其是你在信里也并没有回避这件事。好吧，听我说，你不必再继续写这封充满心思和逻辑的信了，你不必再一次次地跟我重复：你这么善良的人肯定会理解我需要填补自己的空虚，而且说到底，我这是为我们俩好，因为鉴于他的家庭状况和年纪，和他的故事是不可能有结果的，说到底，他就是我等你的一种方式，因为和他的这段荒谬的爱情是进行不下去的。我身边最亲近的朋友们也这么说，就算洛蕾她曾经对我说：对，但是你可以先享受这份爱情，然后再图打算，他是个有魅力的男人，信念也很坚定。用你的话来说，像我这么善良的人是明白的。我非常明白。我明白像你俩这种情况的话，是可以一起去伊瓜苏大瀑布①的。巴西是个令人神往的国家，我对那里也很熟悉，因为我曾经在亚马孙和巴西东北部工作过，那是一片处女地，广阔富饶，是个开始新生活的好地方，也适合去开开眼界，尤

———

① Iguazu Falls，世界上最宽的瀑布，位于阿根廷与巴西伊瓜苏河与巴拉那河上游。——编者注

其是对于你这样的人来说，一直以来都是我在向你讲述外面的世界如何如何，而你一直在家里，未曾有机会领略一番。假如有一天，贾尼，真的就是贾尼，虽然他从来都没当过技术人员，一辈子都只想着写色情诗，我刚才说，他真的被发展中国家国家办公室委派去负责一个遥远国家的大型工程项目，你或许也该让他去。现在这个人带你去的终于不是什么荒凉的地方，不是除了饿殍之外一无所有的破败国家，而是这个星球上最富饶的所在之一，就住在工地旁的高档酒店内。他拿着天文数字的薪水，而你享受着公主般的待遇，你为什么就能遇到这种好事呢？然而，如果贾尼给你这个一直有种吉普赛人精神的人出了个难题的话，比如他告诉你：听我说，亲爱的，我在威尼斯有一个漂亮的房子，不用说那是座浪漫的城市，我们可以每个周末见面好好缠绵一番，而且你还可以去看你妈妈，你就坐火车去，能费得了什么事呢？我从米兰这边走和你用的时间差不多，最主要的是不能让我妻子知道，你也知道她比你还小四五岁，当年为了和她在一起我赌上了一切，我很爱她，而且我和前妻已经有了孙子，和她也有了子女，到了我这个年纪不能再拿人生当赌注了。你听我说，如果他这样跟你说的话，我知道以你的自尊你肯定会让他滚蛋，你肯定会对他说：贾尼诺，你还是晚上开车去车站后面那条路吧，那里就能找到跟你做爱的女人。然而，他明明有一个美丽的妻子，而且说实话她要比你漂亮得多，就算这样，他竟然为了这样一桩我觉得他其实应付不来的疯狂爱情赌上了一切。这样一来，除了跟他去伊瓜苏之外，你还有其他选择吗？你知道我会说什么吗？可能听起来会有些好笑，但是换作我的话也会跟他去。啊，为什么我的生命中就没有个贾尼呢？

我最后找到的人是乔瓦娜。她很爱我，我也爱她。她是个很单纯的人，这一点我不能否认，不过也要考虑到她的年纪，和你比起来她还是个年轻人，而我们俩不年轻已经很久了，她想给我生个孩子，最后我们也如愿以偿了。当然你的那些优点是她不具备的，你的激情、你的魄力，最重要的是你的波西米亚情调。

在生活中她就像个语文学家，她会一个字一个字、一件事一件事地过筛处理。你就想吧，她来到我们家之后说的第一句话就是：这地板该换了。她不是个多么复杂的女人，对于她来说世界就只有丁点儿小而已，她只着眼于当下我们拥有的美好，丝毫不会癫狂地担心未来，我可以向你保证，她最大的乐趣确实就是换换地板而已。而且，除了没有癫狂之外，在我离开几个月之后，她也不会对我抹眼泪，和有些女人不同，她不会离了男人一个星期就自怨自艾，感觉像是被抛弃了一样。

我真的是偶然得知了你和贾尼回来的消息，因为大坝已经竣工，你们也该回来了，我是听贾尼的主治医生偶然提起的，你也知道他是我的好朋友。他其实也愿意为联合国做医疗人员，因为他是个慷慨慈悲的人，但是他的年轻老婆把他看得死死的，她的借口是自己不能放弃事业。

所以，在得知七年之后我又把你的信重新誊抄了一遍的时候，你也不必感到奇怪，我相信这也是帮了你一把，毕竟当年你离开得那样匆忙，自己留一份底稿几乎肯定是不可能的。时间确实已经过去了很久，收到一封七年前的信的手抄件会让你感到奇怪，但是生活就是这样，由旅程和重温构成。我想：我今天拿她的信干什么呢？明明它的旅程已经结束了，最起码贾尼的那部分是这样。你知道吗，昨天我去了我的朋友鲍迪诺医生那里，他的主攻方向是热带病。我还知道，当贾尼回来的时候，他担心自己得了变形虫病或是类似的什么病症，不过我并没有多关心这件事。我的朋友没在，他好像去跟变形虫庆祝银婚了，他在热带病领域的研究已经有二十年的时间。只有秘书在，一个单纯的女孩子。她对我说：医生不在，您只有明天再来了。没关系，我说，我在他办公室里坐一会儿，翻看了一下他的文件，其实那些也是我的文件。

贾尼的诊断结果很明了。他得的是肿瘤，我亲爱的，前列腺肿瘤。我不知道你对此有没有了解，可能没有吧，肿瘤是癌症里面侵略性最强的一种，扩散速度很快，我相信贾尼的癌症已经转移了。我的朋友鲍迪诺早晚都会把这个消息告诉你，因为如果一个人得的是另外一种病，或者欺骗自己是种热带病根本毫无意义。可是如果要把这件事通知给你的话，那个可怜人得需要多大的勇气和善心，因为他知道你为了贾尼牺牲了自己的婚姻，你为了他赌上了整个人生，还为他牺牲了自己，因为你现在已经不年轻了。因此，出于我的纯良天性，我决定亲自告诉你，不管怎么样，我还是你的朋友。当癌症全身扩散之后，疼痛会变得非常剧烈，真的非常非常剧烈，到时候贾尼将会哀嚎得像只丧家之犬。你会被吓傻，因为在病人各种的哀嚎之中，那是听起来最痛苦的一种。在我们这样一个还没有把痛苦治疗纳入考虑范围的国家里，他们会让你生不如死，因为医生们根本不敢开出超出规定剂量范围的吗啡，因为这样做就越过了法律的红线。万一事情果真到了这般境地，我相信肯定会发生的，你可以尽管来找我要吗啡，我这里有足足两大箱，因为我需要世界各地出诊，满足你的需求我一点儿问题都没有。或许，你可以最好在十二月前跟我打个招呼，因为到时候我和乔瓦娜准备去墨西哥度个长假，可能明年春天才会回来，我们计划游遍整个尤卡坦半岛①，也可能去危地马拉②一趟，谁知道呢？

---

① 尤卡坦半岛，墨西哥地名，有众多玛雅文化的遗迹。
② 危地马拉，中美洲国家，西濒太平洋，东临加勒比海，境内多山地和火山，也是古代印第安人玛雅文化中心之一。

从未写成的书，从未出发的旅行

走呀！不管你是谁跟我同行吧！

跟我同行你将发现什么永不会疲倦。①

（沃尔特·惠特曼《草叶集》）

在不需要出发的前夕，

至少不需要打包行李。

（费尔南多·佩索阿《阿尔瓦罗·德·坎伯斯诗集》）

---

① *Song of the Open Road*，9，邹仲之译。——编者注

我的爱人：

　　你还记不记得去撒马尔罕[①]的那一次？我们选择了初秋这个一年中最好的季节，撒马尔罕周边全是干旱的山丘，在那里，植被突然冒了出来，树林和灌木丛变成了红色和赭黄色。此地气候温和，我们的旅游手册当时这样说，你还记得我们的旅游手册吗？那本书我们是在圣路易岛的尤利西斯书店买的，那家店专门出售旅游书籍，以二手书为主，书上经常能找到之前书的主人在上

---

① 撒马尔罕，著名的中亚古城，位于乌兹别克斯坦，丝绸之路上主要的枢纽城市，有 2500 年的历史，为古代帖木尔帝国的首都。撒马尔罕连接着中国、波斯帝国和印度这三大帝国，善于经商的粟特人把撒马尔罕建造成一座美轮美奂的都城。——编者注

面做的标记和笔记，而且一般都非常有用，比如："推荐地点"，或者"需要避开的路段，危险"，又或者"这家商场里可以买到价格便宜的地毯"，又或者"注意，这家店会在账单上做手脚"。

去往撒马尔罕有多种交通方式，旅游手册上说，乘飞机最快，当然也最无聊。比方说，你可以从巴黎、罗马或苏黎世乘飞机到莫斯科，但是需要在那里过夜，因为没有能够当天到达乌兹别克斯坦的转机航班。那我们要在莫斯科过夜吗？有一天，我们在路易吉餐馆就这个问题讨论了很久，就是那家鱼做得很好吃的街边小餐馆，那里还有个同性恋服务员，每次都殷勤地为我们服务。我并不排斥这个选项。为什么不呢，我当时是这么说的，你还记得吗？你想啊，从俄罗斯航空为转机乘客安排的那家酒店的客房里可以看到夜间的红场[1]，那时候已经是秋天，莫斯科已经很冷，那个红色的地方肯定

---

[1] Recl Square，位于俄罗斯首都莫斯科市中心，临莫斯科河，是莫斯科最古老的广场，是重大历史事件的见证场所。——编者注

没什么人，就像吉尔伯特·贝考①的那首《我将会叫你娜塔莉》里唱的那样，我们可以搭乘出租车，据说苏联的出租车都是国家元首坐的那种豪华轿车——酒店的餐厅里可以吃到伏尔加河的鲟鱼籽酱，可能就像普希金的小说里写到的那样，也许路灯周围还笼罩着一层薄雾，我敢肯定那将会是非常棒的体验；我们还可以去莫斯科大剧院看《天鹅湖》，这是去莫斯科的必选项。

不过这也是最无聊的选项，因此我们都决定放弃。书上更推荐的是乘火车从陆路走，这也是我们最后的选择，要么乘东方快车，要么走西伯利亚大铁路，要么途经德黑兰。众所周知，即便对于最挑剔的知识分子来说，东方快车都散发着独特的魅力，虽然不会承认，其实我们自己也是他们中的一员，因此我们就不约而同地说：坐火车，坐火车。啊，火车！你知道吗，当乔吉斯·纳吉麦克②决定修建这条奢侈铁路快线时，

① Gilbert Bécaud（1927—2001），法国创作型歌手，创作的《香颂法国》，其浪漫的旋律成为经典流行。
② George Nagelmackers（1845—1905），是以东方快车闻名的国际铁路卧铺车公司的创始人。——编者注

他需要和法国、巴伐利亚、奥地利和罗马尼亚进行协商，因为他们感觉自己的领土完整受到了威胁。铁路竣工于 1883 年，埃德蒙德·阿伯特详细记录了首航的过程，他的另一个身份是幽默小说家，《一个公证员的鼻子》就是他的作品。如果没有他的股东比利时国王利奥波德二世的支持，纳吉麦克可能永远都完不成这项伟大事业。可能会让你感到惊讶的是，早在那个时候就已经有时速超过 160 公里的火车头了；那是一种使用压缩空气制动系统的英国布迪康火车头。你知道 1898 年的菜单是什么样的吗？我找到了一份。你要准备好，这可不是个小菜：前菜是牡蛎、乌龟汤或皇后汤，然后是香波堡①式三文鱼、公爵夫人鹿里脊肉、鹬、鹅肝冻糕、香槟松露、水果和甜点。到了晚上，在卧铺车厢里可以透过玻璃窗看到火车在乡间穿行，只远观而不亵玩，就像沙多内②对他的朋友所说的那样："如果你爱一个女人，

---

① 香波堡，法国卢瓦尔河谷的一座城堡。

② Jacques Chardonne，20 世纪法国作家、诗人。是雅克·布泰罗（Jacques Boutelleau）的化名。他是所谓的巴贝兹集团（Group de Barbezieux）的成员。

那就不要碰她",所以,卧铺车厢让窗外的风景变得近在眼前,可是又无法触碰,就像诗人想要触碰那个竖琴女郎,但又不是用手一样。我在火车上为你朗诵诗歌,在奥斯特里茨站外的饭馆里朗诵瓦勒里·拉博德[①]的诗作:"哦,东方快车,都借给我,你口簧琴般的颤抖声,还有那在塞尔维亚的群山以及保加利亚的玫瑰中间穿行的不费吹灰之力就能拉动四节上面写着黄字的车厢的火车头轻快的呼吸声……"

从哪里才能搭乘东方快车呢?从里昂车站啊,里昂车站!那在那座无与伦比的火车站里有什么呢?蓝火车啊!那个巴黎最诱人的餐厅!你记得吗?你肯定记得,你不可能不记得。蓝火车餐厅有三个装饰着壁画的大厅,红色天鹅绒的座椅,波西米亚风格的吊灯,侍者们都穿着小西服和一条上面写有"欢迎光临,先生女士们"的围裙,脸上却一副不屑一顾的表情。我们先点了牡蛎和香槟,作为两个不会从这里出发去撒马尔罕的

---

① Valery Larbaud,法国作家、诗人,《费米娜·马尔克斯》(*Fermina Márquez*)的作者,著有《一个富有的业余爱好者的诗》诗集。——编者注

人，这点权利应该还是有的吧？出发总是意味着某种死亡，我们说，眼睛看着那些在站台上的人，他们正在和从明亮的车厢里探出身子的乘客话别。一位神情和同席的其他乘客一样轻松的秃头老人，戴着宴会领带，面对着窗户抽着烟斗，他要去往什么地方呢？而那个坐在同一节车厢里，戴着大红色礼帽和毛皮围脖的女士，到底是他的妻子抑或只是个陌生的路人？在旅途中他们之间会发生什么故事吗？谁知道呢，谁知道呢，反正尽管开始旅程就可以了，我们说；根据时刻表的记载，火车从 L 站台出发，旅途的第一站是威尼斯。啊，威尼斯，我太想看看威尼斯了！大运河、圣马可教堂、黄金宫 ①……好吧，亲爱的，不过我觉得你可能看不到什么，我也很遗憾，因为火车只会在圣塔露琪亚火车站停留一个晚上，你最多只能看见铁路经过的潟湖，潟湖在左，大海在右。不过别忘了我们是去撒马尔罕的，要不

---

① Ca'd'Oro，是威尼斯的一座古老宫殿，被认为是威尼斯大运河上最美的宫殿之一，它通常被称作"黄金宫"，因为曾经用镀金来装饰外墙。——编者注

然你会想留下来游遍整座城市。火车接下来先经过维也纳，然后到伊斯坦布尔，你难道不想看看伊斯坦布尔吗？想想吧，那里有博斯普鲁斯海峡、清真寺、尖塔和大巴扎。

总而言之，我们不会去往的那个真正的终点是撒马尔罕。我对它的记忆非常牢固、清晰，只有在想象中真的见过了这些东西才能留下如此丰富的细节。你知道吗？我读过一个法国哲学家写的东西，据他观察，想象其实和真实一样，是遵循一定规律的。想象呢，我的爱人，并不是幻觉，它们俩是完全不同的东西。塞缪尔·巴特勒① 真的很棒，我所指的不仅仅是他的小说，还有他看待生活的方式。我想起了他的一句话："我可以忍受谎言，但是无法忍受不准确。"我的爱人，我们在生活中都说过很多谎言，也都接受了对方的谎言，因

---

① Sasuel Bulter（1835—1902），是一个反传统英国作家，活跃于维多利亚时代。最有名的作品是乌托邦讽刺小说和艾莱荒（*Erewhon*）和自传体小说《众生之路》（*The way of All Flesh*）。他也是基督教、演化思想史、意大利艺术、意大利文学研究家。他翻译的《伊利亚特》和《奥德塞》版本沿用至今。——编者注

为它们都是我们想象中真实的东西，这些谎言已经如此地真实。但是有一个谎言，如果你愿意相信的话，也可以说有好些谎言聚集在同一件真实事件的周围，它们让我们永远地迷失了，因为它是虚假的谎言，因为它是虚幻的，而虚幻必然是不准确的，它只存在于自欺的迷雾之中。在梦中，我们一直像堂吉诃德一样将自己的想象贯穿始终，那种想象以疯狂为前提，但是疯狂是准确的：一如他在想象中穿越地形般准确。你没想过《堂吉诃德》可能是部现实主义小说吗？然而有一天，你突然就从堂吉诃德变身为了包法利夫人，和小说中的人物一样，你也不会描述自己想要的配菜，不知道怎么理解自己所在的处境，不会计算花了多少钱，不能明白自己做了哪些荒唐事：它们都是真实的，对她来说就像空气一样真实，而不是相反。两者之间有很大差别的：你不能说"我去一座遥远的城市"，或是"陪我的是个殷勤的先生"，或者"我不认为那是爱情，只能算是一种温柔吧"。这些话是不能说的，我的爱人，最起码不能对我说，因为这些都只是你的幻觉，你可怜可悲的幻觉而已：那座城市是有名字的，而且也没那么远，而他也只是某个和你上床的有些岁数的男人。你认为这个情人如空气一般，其实他是有血有肉的。

所以我才要帮你回忆我们的撒马尔罕之旅，因为那是真实的，我们的、饱满的、真正经历过的。所以让我们继续这个游戏吧。如同刚才提到的那个哲学家所说，记忆会重现经历过的事情，它精确、准确、无可辩驳，但同时不会产生任何新的东西，这正是它的缺陷。而想象不能帮你想起任何东西，这是它的缺陷，但是作为补偿，它可以产生新的东西，一些之前没有、从来没有过的东西。因此我会同时使用这两种能力，帮你回忆我们从来都没有去过、从各种细节中想象出来的撒马尔罕之旅。

我们的两个旅伴一个让人失望一个让人兴奋。到最后我们才发现，那个看起来很得体的先生其实是个三流的，甚至有些唯利是图的商人，我们都没有听明白他到底在和土耳其做着什么商品的贸易，但肯定不是正大光明的生意。你怀疑可能是军火，还因此跟我使了好几次眼色，你还记得吗？当他在伊斯坦布尔下车的时候，你甚至长舒了一口气，因为对于一次火车上的萍水相逢来说，他对你恭维殷勤得有些过分了，你已经不知道如何是好，而我却在一边幸灾乐祸地旁观。那位女士比看起来要好得多，我的意思是，她那契诃夫小说中的长相很符合她的个性，这也是你在走廊里这样轻声对我说的。确实，我们从来都没见过有人会这么像契诃夫小说中的人物。她先从《渴睡》里面小女孩的年龄讲起。什么时候生理需求会导致自杀？嗯，怎么说呢，这要看情况了，这位充满魅力的女士自信地阐述道。例如，我的意思是，从生物学的角度来看这位先生和女士研究过睡眠吗？清醒状态有一个耐受性的阈值，有点像疼痛，这个阈值随年龄而变化，比如在某个年龄的时候，睡眠的需求简直就完全无法抑制，主宰着任何其他的感官需求，尤其是刚刚进入青春期的女性，这也是保姆会把她照顾的孩子憋死的原因之一，因为婴儿的哭声让她实在无法入睡，那天晚上，最多是前一天晚上，她刚迎来了自己的第一次月经，此时的她已经筋疲力尽。

上面只是我做的一个简单的概述，因为你肯定比我更清楚地记得，这位女士拥有非常高雅的词汇和了不起的叙述能力，当然她对契诃夫的描写不仅限于像这样生动而博学的轶事。你还记得她对契诃夫临终遗言的论述吗？你肯定记得，我们俩都十分惊讶，毕竟你我都不曾听说过契诃夫临死前嘴里说着的是"Ich sterbe"[①]。是的，他死前说的不是自己的母语。很奇怪，对吧？终其一生，他用俄语去爱，用俄语受苦，用俄语憎恨（比较少），用俄语微笑（很多），他一直用俄语活着，唯独死的时候用了德语。就契诃夫死前为什么说德语一事，那位素不相识的女士给出的解释也是令人惊艳的，我永远都不会忘记她在一个不知名的车站下车，向我们告别时你脸上的表情：惊奇、错愕，或许还有感动。有天我像以前一样在那老咖啡馆等你，你却从人群中穿过来，欢快地挥舞着手中的一本小书，大喊："看那位老太太是谁！"那是本刚出版的书，甚至还没有评论家发现它，

---

① Ich sterbe，德语，我死了。

但它并没有逃过你的眼睛，没有什么能逃过你的眼睛，哦，这个可爱的老太太，伟大而仁慈的声音，她金色的果实给我们的旅程增添了如此多的乐趣。然后在撒马尔罕的时候，契诃夫说的最后一句话被我们滥用了个够。起头的人当然是我，然后你也加入了模仿的行列，虽然你刚开始的时候说："你这是亵渎神灵！渎神！"第一次是在那个巴别塔一样的西雅布巴扎里，那里的气味、香料、头巾、地毯、叫嚷和人流汇聚了土耳其人、欧洲人、俄罗斯人、蒙古人和阿富汗人，我被这一切惊呆了，大喊道："Ich sterbe！"。后来"sterbere[①]"就成了一个暗语、一种强迫，甚至已经成了一个梗。我们在居尔埃米尔的墓前sterbe，那里圆柱塔的塔身上篆刻着古兰经经文，塔顶上镶嵌了一匹瓷马，塔的内部是缟玛瑙的板子，墓冢则是装饰着阿拉伯风格条纹的玉石，上面镶嵌着绿色和黄色的小瓷片。我们还在列吉斯坦广

---

① Sterbere，文中的两个人在 sterbe 基础上按照意大利语构词法发明的动词。

场①上 sterbe，广场有两个塔楼式的伊斯兰学校，一群人匍匐在地上祈祷。我们带上望远镜真是个明智的选择，这是你提出来的，在办事方面你真的无可比拟。没有望远镜的话，我们就无从看清楚乌鲁伯克清真寺墙壁上的玻璃马赛克装饰，十二角星里面嵌入了一朵二十个花瓣的花，然后外围发散出了一种几何图形，最后形成了一个迷宫。生活能像那样吗，你问，从某一点开始，就像花瓣一样，后来才向各个方向散开？多奇怪的问题啊。作为对你的问题的回答，我带你去了乌鲁伯格天文台②看星星，那里有一个 27 米高的巨型天体观测仪，通过观察光在建筑内部扩散的孔径，就可以确定恒星和行星的位置。很神奇吧？我问你。什么啊？你回答我说。我是说，和你提出的生活的问题比起来，天空是不是很神奇？我对你说，这不是一个回答，我用另一个

---

① Raghistar Squere，被称作"撒马尔罕之心"，Raghistar 在波斯语里的意思是"沙尘之地"，广场上有三座伊斯兰学校。是公共广场，过去人们在这里倾听铜管乐开始的皇室公告，另外，这里还曾是示众执刑的地方。——编者注

② Ulugh Beg Observatory，由帖木儿王朝天文学家尔鲁伯格于 15 世纪 20 年代建造，被学者认为是伊斯兰世界最好的天文台之一。——编者注

208

问题回答了你的问题。后来，在一个遥远的市场里，在看到一条青金石色地毯的时候，你感觉自己快要sterbe了，但是那次sterbe持续时间并不长，我们钱不够了。你说，我们得少吃两顿饭，说不定在布哈拉能找到一条更好看更便宜的。但是呢，最后我们没去布哈拉。谁知道我们最后为什么没去呢，你还记得原因吗？我是不记得了。我们当时确实很累，那次行程非常紧凑，到处都是各种令人惊叹的东西、画面，还有形形色色的人物和风景，真的是有些过度了，就好像是你进入了一个太大、馆藏过于丰富的博物馆，为了避免审美疲劳，只得跳过其中的几个厅一样。然后，现实就在召唤我们回去了，现实生活有的时候会打开一些缝隙，但过不了多久就会关闭。

但是如今这个缝隙的出现，已经是很多年之后的事情。后来我就开始想那些不曾做过的事情，清点并不容易，但这是我必须要做的事，有时候这件事还能让你放松，就像是孩子才有的那种不花钱的满足。也是出于同样的原因，为了获得这种满足，我也开始清点那些我没有写成的书，即便没有写出来，我还是跟你详细讲述了故事的来龙去脉，如同现在我跟你描述从未去过的撒马尔罕一样。最后一本我没有写的书名叫《寻找你》[①]，那同时也是我跟你讲述的最后一本书，它的副标题是《一个曼陀罗》。副标题指的是主人公的寻找过程，他的轨迹是个螺旋形的同心圆，你知道，其中的人物并不是我的自创，而是从另外一部小说里偷来的。怎么说呢，在看到那部无聊小说的主人公到最后也没有找到对方的时候，我简直无法接受。在男主人公冷嘲热讽的外表下，隐藏着无可救药的悲伤，如果他和慷慨热情的女主角永远无法相遇的话，或许作者想要拿他们取乐并享受他们的不幸？而且我认为，女主角其实并不像书里写的那样消失了，她根本没有离开那个地方，我认为证据很确凿，之所以看不见她是因为她就隐藏在一个细节后面，或者说是隐藏在她自己后面，就像爱伦·坡的《失

---

① 实际为《寻找伊莎贝尔》，为此次引进的塔氏三部作品中的一部。——编者注

窃的信》那样。所以我才让他踏上了寻找爱人的路，在一圈一圈之后，当圆圈像曼陀罗一样缩得越来越小的时候，他就能来到中心完成人生的意义，也就是找到她。这部小说相当浪漫，或许可能有点太浪漫了，是吗？但这不是我没有写的原因，这一部其实是我所有没有写的小说里面最出色的一部，也是我选择代表整个人生的静默的大师之作。我是说，一部小的杰作吧，完全不是那种能让编辑兴奋的纪念碑式的。而我也完全没有考虑过去写的小说，总之不超过十章，一百来页，这才是小说的黄金篇幅。我整整花了四个月时间才写完它，从五月到八月，说实话，我本来可以早点写完这本书，但是很可惜，在这之前，其他的烦琐事务占用了我太多时间。我是八月十日完成的，那个日子我记得很清楚，因为圣洛伦佐节的晚上对于我们来说一直都很特殊，尤其是对于你，因为在那天你可以看着满天的流星许下愿望。然后那天晚上我就去找你了，你还记得吗，那之前的四个月我都是在乡下房子里度过的，那里的湿热不仅让人喘不过气来，会让人感觉自己的骨头正在腐烂。你那时候每天晚上都要给我打电话：你为什么不来？我跟你说了——我一遍一遍地这样告诉你——我在写一部小说，它比这里乡下的天气更让我汗流浃背，我对你说，这部真的棒极了，或者说很怪诞，比我自己还要奇怪，就像是一个在石子上石化了的甲虫，等我到了就说给你听。

那天晚上，站在海边房子的阳台上，看着流星在夜空中划出的白色线条，我把那部小说说给你听了。我清楚地记得我讲完之后你对我说了什么，不过我还是想把其中的一章重新跟你说一遍。不过这次我不会像那天晚上那样蜻蜓点水，我会像誊抄一样完整地讲述一遍，毕竟里面的一字一句我都记得，因为它们都来自我的大脑。当然，它并不以实体的形式存在于什么地方。总之，如果哪里都没有的话。你知道我要付出多大的努力，才能打破自我的隐秘束缚，把那些只存在于虚无缥缈、轻盈、长着翅膀、自由自在的尚不存在的文字呈现出来，就像思想一样。一到纸上它们就变得多么专横，再加上它们本身那种无可救药的傲慢，几乎变得庸俗、粗俗了。没关系，反正我会这样做：其实你也喜欢事物之间的缝隙，但你选择了圆满的方式，也许你的选择是正确的，因为这是一种自我保护，也是对我们自我的接纳。啊，que la vie est quotidienne！[①]

我会尽量跳过描述和叙事的章节。我还在意识中写作的时候就从来都没喜欢过这些部分，更不用说真正写作的时候了。有必要的信息就足够：我们所在的是第八章，为了寻找她，他来到了瑞士阿尔卑斯山区一个奇怪的地方，那里是个信仰佛教禅宗或者类似宗教的社区，因为他的直觉告诉自己，她很可能正在这里寻找自我，这一切现在听起来可能挺New Age[②]的，但是在很多年前我还没有写这部小说的时候，还全然没有这种味道。他在那里吃饭留宿，也确实在像朝圣者一样追寻着什么。吃晚饭的时候，他和同席的一位女士聊了起来。那是个不再年轻的法国女人，当时的氛围充满了东方特

---

① 法语，生活是多么日常啊！
② New Age，一种去中心化的宗教及灵性的社会现象，起源于1970至1980年西方的社会与宗教运动及灵性运动。新纪元运动所涉及的层面极广，涵盖了神秘学、替代疗法，并吸收世界各个宗教的元素以及环境保护主义。

色，音乐是印度的拉格音乐，食物是印度的酸奶蔬菜丸子，细节就不提了，因为它们令人生厌。突然一位女士说了一句奇怪的话：他在那里是因为失去了边界。现在我得标标点了，你是不知道我是有多讨厌做这件事。

"这里是有规矩的，确实如此，但是规矩只有在失去边界的时候才会有用，而且还有个更实际的原因：说到底这里是一个庇护所。"

"失去边界是什么意思？我不明白。"

"听我们继续说您就能明白了，不过让我们先来选一下晚餐吃什么吧，如果您不介意的话，我来介绍一下今晚的菜单。"

"……音乐换了，现在能听见打鼓的声音。……"

"不好意思，我还是想知道失去边界是什么意思。"

"意思就是宇宙是没有边界的，正是因此我才身处这里，因为我也失去了边界。"

"那是什么意思？"

"您知道我们的星系中有多少颗星星吗？"

"我不知道。"

"大约四百亿颗。但是我们所知的宇宙里有几千亿个星系，宇宙是没有边界的。"

（女人点燃了一支印度香烟，带香味的那种，整支烟只用一片烟叶……）

"很多年前我有一个儿子，但是生活把他从我身边带走了。我给他起名叫丹尼斯，大自然对他很吝啬，但是他有自己的智慧之处。我对此很清楚。"

……

"我就像应该对待儿子那样爱着他。您知道怎样爱儿子吗？要远多过对自己的爱，这样才能爱自己的儿子。"

……

"他有自己的智慧之处，我是研究过的。就比如，我们当时创造了一套代码，我的丹尼斯这样的孩子上的学校里并不会教这种东西，但是作为一个母亲，我还是和自己的儿子一起摸索了出来，就比如用勺子去敲杯子，叮铃叮铃的。"

"请您解释得更清楚一点。"

"需要研究信息的频率和密度，我懂频率和密度，我在巴黎的天文台的工作是研究星星，这是我职业的一部分，但这并不重要，主要是因为我是他的母亲，而且人爱孩子要超过爱自己。"

（……）

"我们的代码运行得很好，我们研究了一种人类无法理解的语言，他知道怎样说妈妈我爱你，我也知道怎么回答你就是我生命的全部，还有其他一些东西，那些日常的琐事，比如他的一些需要，当然也有一些复杂的东西，比如我难过吗，我高兴吗，他难过吗，他高兴吗，因为天生不幸的人和我们一样，也知道什么是快乐什么是不快乐，什么是痛苦什么是愉悦，我们这些自认为正常的人能感受的，他们同样能感受到。"

（……）

"但是生活不仅刻薄，还很邪恶，换作您该怎么做？"

"我不知道，我真的不知道，您是怎么做的？"

"当他不在了之后，白天我会在巴黎街头游荡，看看橱窗，看着那些穿衣服的人要么走路，要么坐在公园长凳上或咖啡馆的茶几旁，我想起了地球上我们给予了生命的各种组织。到了晚上，我会在天文台度过，但是那些望远镜开始变得不够用了。我想观察那些巨大的星际空间，我像一个微不足道的小点，在试图研究宇宙的边界，那是我唯一感兴趣的事，我好像从中能寻得一些安宁。如果换作您的话，会怎么办？"

（……）

"在智利的安第斯山上，有一座世界上最高、可能也是最先进的天文台，他们当时需要一名天文学家，我投了简历，他们给我打了电话我就出发了……"

"您继续说吧。"

"我让他们把我安排在射电望远镜那里研究星系外星云，仙女座星云您了解吗？"

"当然不知道。"

"那是和银河系类似的一个螺旋形星系，不过它正在衰退中，螺旋的旋臂看得不是十分清楚。一直到本世纪初，我们都还不能确定它是否位于银河系之外，1923

年的时候，一位研究三角星座的科学家才解决了这个问题：它就是我们的星系的边缘，就是宇宙的边缘。"

（……）

"我们用射电望远镜来捕捉星系发出的电波，并探测其中有没有可能的智慧生物发出的调制信号，我们自己也会发出调制信号……"

……

"啊，您可以想象一下身处世界上最高的山上，向仙女座发送信息是什么感觉，其间除了雪和暴风之外，你的周围什么都没有……有一天晚上，外面下着暴风雪，天文台的穹顶玻璃上结起了冰，我想到了一个主意，那是个很糟糕的主意，我不知道为什么要跟您讲……"

"没关系，请接着讲。"

"我也说了，那是个疯狂的主意。"

"请说吧。"

"好吧，我原来发的一直都是调制信号，那天晚上我在记忆中找到了一个信息，选取了一个代码，那个代码只有我知道，我把它转换成了数学调频然后发了出去……我也说过，我真是疯了。"

"您请继续。"

"我不知道您是否了解，信息到达仙女座需要的时间是我们历法中的一百年，如果有回复的话，还需要另一个世纪才能收到。真的太荒谬了，您肯定觉得我疯了。"

"不，我不觉得，我认为宇宙中什么都有可能发生，请继续讲吧。"

"玻璃上的冰晶越来越厚，那时已是深夜，我就像一个刚做了蠢事的人，独自待在射电望远镜前，就在那时候仙女星座的回复到了，那是一条调制信息，我将它转给了解码器，马上就识别了出来，相同的频率，相同的密度：从数学上来说，这条信息我在过去听了十五年的时间，那就是我的丹尼斯的信息。您觉得我疯了吗？"

"不，我不觉得，也许他就是宇宙。"

"换作您的话会怎么做？"

"不知道，我真的不知道该怎么回答您的问题。"

"我在一本印度经文中读到过，方位基点其实是像在一个圈里一样，既无限又不存在。这让我很费解，因为天文学家不能没有方位基点[①]。我正是因此才来到了这里，我不能相信自己来到了宇宙尽头，宇宙是没有边界的。"

你知道吗，我的爱人，如果现在还不是这么晚，也就是说现在不是夏天的另一面，不是一个十二月阳光灿烂的日子里，我是不会给你写这些的。但是这部我没有写的小说的篇章让我想起了我们没有践行的那次旅行，也许因为他们谈论的是星星，而天空中有许多星，如果一两颗掉落下来也是一个小小的损失。很多年前的一个九月二十四日，我们试着去了解星象，因为在我们没有去的那次撒马尔罕之旅中，我们在乌鲁伯克天文台过了一整晚。研究星星也真是傻，对吧？我们应该观察

① Cardinal Point，一般指东南西北四个基本方位。——编者注

大地，因为大地总迫使我们低头。

最近一段时间，我开始学乌兹别克语了。不过我只是学着玩玩罢了，就像在旅游手册里学当地语言那样，主要是因为我看到，学习语言可以预防老年痴呆症。你还记得我们当时听到这门语言的时候感觉有多滑稽吗？比如"再见"这个词，同时也是永别的意思，听起来就非常滑稽，因为它听起来简直就像西班牙语"alvido"。不过最滑稽的可能是"men olamdan ko'z yaemapman"。不过这是书面语。最简单也是我们最熟悉的是"men ko'z óljapman"。你知道是什么意思吗？

这是个动词，意思是"Ich sterbe"，我亲爱的爱人。

性格演员疲惫了

我甜美的奥菲利亚：

　　总有一天你会意识到关于那些日子、那些音乐接连不断的幻觉已经结束了。如果是幻觉的话，那就像是在黎明破晓时，现实的轮廓不再像之前那样模糊，被逐渐增强的光线击中，变得明亮，如刀刃般锋利、坚韧。如果是音乐，就像是管弦乐队的音符在经过了快板、戏谑、柔板、庄严的快板之后变得肃穆，然后逐渐熄灭：随着灯光渐暗，音乐会结束了。

　　今天我从我们的小剧场里出来，不经意间，我看见伦敦的天空上燃起了一簇不寻常的橘红色，这并不是我们那里落日时该有的样子，即便这种场景在这个临近秋分的时节里恰如其分。不过这种光很快就变淡了，从橘红色变成了紫色，最后变成了青蓝，让人想起南方的一些水和大理石组成的城市，透纳[1]去威尼斯所寻找的就是这些。在我们这里的话，有的是灰色的石头，至于水，就只有这条慢慢流淌着的泰晤士河，我正在沿着它的河岸散步。我没有走太远，到了堤岸站[2]附近的矮墙就停了下来，这时候我开始思考，让思想自由流淌，与此同时，泰晤士河的水也朝着和我同样的方向流淌，就像是在讲一个老故事，像我们的故事一样老，那个我们不得不演很多年的故事。演了多少年？我思索着。啊，太多年了，仔细想想的话，真的已经太多年了，今年初的时候就已经来到了第二十个年头，现在已经接近二十一年，我甜蜜的王子，你从房间忧郁地回答我。我甜美的奥菲利亚，距离看见你在水流中漂浮、在水中溺亡已经二十年，我知道，我是导致你的死亡的罪魁祸首。

我看着缓慢的水流，想到了过去的岁月、激情的

---

① Turner（1775—1851），英国最为著名、技艺最为精湛的艺术家之一，以善于描绘光与空气的微妙关系而闻名于世。——编者注
② 堤岸站，Embankment，伦敦的一个地铁站。

火焰，想到了习惯变成苟且，关于日子的缓慢幻觉变成了明天可能和今天不同的缓慢幻觉，就在这之间，所有的一切发生了。不，明天不可能不同，小奥菲利亚，明天我还是会跟你说那些语无伦次的话，比如我爱你或者我不爱你，比如我现在正在赶耗子出去，我嘲讽你的兄弟，中伤你的父亲，那个约克郡①来的傻子一动不动地站在我面前，用手指着南瓜，而你伤心欲绝跳进了流水中。这时候天光渐暗，演员们在台上一动不动，这是为了吸引观众注意力的暂停，扬声器里的音乐唱着"Yesterday, all my troubles seemed so far away"。②一如既往地，我们选择将自己托付给披头士乐队的声音，更新着数个世纪以来的古老悲剧。

但是在我们那个年代，背景音乐是有感情的，不是吗，小奥菲利亚？当时一群青年学生穿着直筒裤，放

---

① Yorick，位于英格兰北部，是英国最大的郡，有近两千年的历史，号称"上帝之郡"。是英国著名的文化之乡，以及重要的工业、农业之乡。郡花是著名的约克郡白玫瑰。英国国王乔治六世曾骄傲地说："约克的历史，就是英格兰的历史。"——编者注

② 昨天，所有的苦恼都离我而去了。披头士乐队的歌曲 *Yesterday* 的歌词。

着披头士的音乐，在苏荷区[①]的小剧场一遍遍上演着各种经典剧作，他们新式的表演受到了观众和报纸的广泛称赞。我开着我的宝马，在粉丝们前面下了车，围着汽车跑了一圈再给你开车门，就好像你真的是一位配得上哈姆雷特王子的贵族女人，我微微欠身邀请你下车，并摘下我的羽毛帽子，隆重地向你脱帽致意。哦，遥远的奥菲利亚，那是六十年代末，我们还感觉自己很年轻，伦敦就像一个节日，生活也像一个节日。如果要评出最天才的演出，可能要算是用那两个十八世纪的胖木偶扮演罗森格兰兹和吉尔登斯特恩[②]。这两个木偶由古代的手工匠人们完全按照人形制作而成，我们在他们悲伤的脸上放了一滴皮埃罗小丑的眼泪，幕后的两个声音演绎着他们的角色，制造出了不同凡响的效果。看吧，亲爱的观众朋友们，这就是真正的演员，他们就是肚子里有

① 苏荷区，美国纽约曼哈顿岛上一个以艺术闻名的街区。
② Rosencrantz and Guildenstern，《哈姆雷特》里面的两个小人物，剧中国王命令他们二人秘密将王子带至英国处死，不料哈姆雷特无意中发现了两人的信件，得知自己即将被害……

个录音机的机械木偶，没有内脏，没有心脏，没有灵魂，他们有的只是木屑和模拟他感情的磁带。让我为你们表演吧，我对他们说，罗森格兰兹单膝跪地，他身上的金属关节在大厅里令人恐惧地劈啪作响。吉尔登斯特恩的姿势看起来很痛苦，就像个人肚子在疼。他把手里握着的一封信递给了罗森格兰兹，后者手里则拿着一封给远方国王的信。陛下，罗森格兰兹说，按照这封信的意思，我们得背叛丹麦的王子，请收下这封信，因为这是我的老伙计吉尔登斯特恩的意愿。陛下，吉尔登斯特恩说，按照这封信我们得背叛丹麦的王子，请收下这封信，因为这是我的老伙计罗森格兰兹的意愿。陛下，罗森格兰兹和吉尔登斯特恩齐声说，作为我们背叛的证据，请收下我们皮埃罗小丑的眼泪。我气得直跳脚，这一切我都无法忍受，这两个愚蠢的机械木偶正在玩弄我的感情，他们试图给我留下印象，试图触碰我内心最弱小最胆怯的部分，他们在敲诈我，他们难道认为我进了他们的圈套了吗？啊，勇敢的丹麦王子可没有这么简单。他拔出了剑，用剑指向他们、挑战他们、威胁他们。你们就是流氓，就是值不了几个钱的蹩脚演员，连蹩脚演员都不是，因为你们就是一堆机械，你们以为能在一位勇敢王子的广阔胸怀中掀起什么波澜吗？他们其中一个的头在内部机械的驱动下转了转，歪到了一边，好让观众能看清皮埃罗的眼泪从脸颊上滑过，灯光师把聚光灯打在那颗泪珠上，那其实是个曾经属于某位三流名媛的水晶饰品，是我们在跳蚤市场上买到的，然后就安在了这个假演员的脸上。那滴泪珠多么闪耀，它本身假得不能再假，但是能让观众流下真的泪水，这正是每晚我们按票价售卖给他们的幻觉。但是丹麦王子不会允许观众为他之外的演员而哭泣，他把剑架在那个装哭的人同伙的脖子上，问他：还哭？赫卡柏[1]是你的什么人？不安，年轻的王子真的太不安了，无处不在的威胁让他无从休息，晚上也不得安眠，因为他知道无耻的女王正和情人同床共枕，嘲讽着他关于父亲的记忆。他双手抱头，看着天上的月亮，此刻他的痛苦无以复加，灵

---

[1] Hecuba，特洛伊王后，两人共有 19 个子女，特洛伊被攻占后，死于希腊士兵之手。——编者注

魂如烟灰一般漆黑。可怜的小奥菲利亚，你还妄想能用天真的情话减轻他正在承受的痛苦吗？

就这样很多年过去了，人慢慢变老，将面具戴在了脸上，虽然这都是我们自己的选择。报纸上关于你的报道越来越少，直到有一天彻底销声匿迹。曾经坐在你面前的年轻热情的观众如今都已经生儿育女，对于他的孩子们来说，这个在六十年代里演绎莎士比亚戏剧的先锋剧团已经成了历史的尘埃，如今我们已经身处世纪的交叉路口。这样一来你的死也成了历史，我的小奥菲利亚，你为疯子王子而自杀，你无可救药地绝望，你穿着一条玛莉官①的迷你裙漂浮在一个塑料小湖上。

不知不觉我来到了罗素广场，然后进了考文特花园，买了一张戏剧博物馆的门票。接着我就开始在各个展厅里面转来转去，最后终于找到了一个没有人能看到我的地方。我先是在从莎士比亚至今的剧院演变模型展厅里徘徊，然后又来到了另一个房间，那里展示

---

① Mary Quant，著名设计师"上世纪的"迷你裙之母。——编者注

着海报、节目单和戏服，涵盖了我们二十多年表演生涯中最著名的那些演出。我着实吃了一惊，因为我发现，剧院的上上下下还不及剧院的精神本身衰颓得更厉害。那个古怪的丹麦王子和他不幸福的爱人的古老悲剧一成不变，然而演员的面孔、戏服和布景都已经变得丑陋过时。全都老了、过时了，因为即便在试图演绎古典，每个时代都不可避免地穿戴上了当时演员的面孔和服装，打上了那个时代的印记。我想，我们很快也会成为这些海报和戏服中的一员：我和我的披头士发型，如今头发已经日渐稀疏，而你呢，可怜的奥菲利亚，你曾经被迫每晚穿着迷你裙自杀。我突然打了个寒战，就像被一种疯癫震摄住了一样：各个展厅里一个人都没有。在我选的这一个厅里面，一位三十年代的著名女演员在发黄的海报上用悲伤晦暗的眼神看着我。我不知道自己是怎么了，我突然跪了下来，对她说"pray，love，remember"①，我跟她说三色堇的事，还告

————————

① 英语，祈祷，爱，记住。

诉她说舌头用奇怪的音符说话，像蛇的舌头一样灵活，顺着一边着滑了过去，然后我对她说：把自己关进修道院吧，你想饲养罪人吗？我自己是无所谓的诚实，但如果我可以指责一些事情，那最好还是不让我母亲生我。我骄傲、爱报复、雄心勃勃，我实际犯下的罪过比我想到的要多，比我付诸行动的还要多。像我这样的人在天地间爬行，该做什么呢？我拥抱着面前的空气，就好像和我对话的那个奥菲利亚的本质就是你，我感觉自己成功地向你表达了我的爱意，这是我人生中的头一次。我无限的爱虽然不可估量但却是病态的，因为王子病了，亲爱的甜蜜的奥菲利亚，一种未知的病症折磨着他，榨干了他的灵魂，同时向其身体注满了胆汁和恶毒的幽默，啊，这个我扮演了很多年却仍然不了解他的人到底是谁？这个被怀疑和失眠所困，四处寻找鬼魂并相信永恒的人到底是谁？为什么那个愚蠢而扭曲的女人会让你每天晚上穿着白色的玛莉官迷你裙溺死在一个塑料浴缸里？我难道不能跟你多说一句吗？我必须遵循的脚本具有如此的约束而不可变更吗？

不，不是这样的。我拜倒在你的脚下，终于，我在那张发黄了的老女演员的照片前说出了这些年来一直没有机会跟你说出的话。我的话语很贫瘠，因为我不是那个规定了我们是什么的大编剧，我悲惨的童年是在郊区度过的，我只是个穷演员，而且还带口音。但是我对你说了，甜美的奥菲利亚，你知道吗？我并不想对你造成那些伤害，我只想诚实简单地和你在一起，就像所有按时回家按时交税的那些男人一样。他们知道自己配得上一份养老金，因为他们一辈子都在诚实工作，他们整理其他人的税单，他们在某个政府办公室给文件盖章，他们在我们国家驰骋的火车上给车票打孔。我给你写了一首诗，请原谅我贫瘠的文采，为了写这首诗我已经绞尽了脑汁：

哦，天上的装饰品，

治愈我的爱人吧！

她有一双蔚蓝色的眼睛，

而为我的黑暗哭泣。

我穿着黑色的斗篷，

黑色就是我灵魂的颜色，他们说。可我爱你啊，
甜美的奥菲利亚，

我有一个洁白无瑕的灵魂，

比你的迷你裙还要白。

就像之前我提到的那些男人，那些诚实地等到了
养老金的男人那样，哦，我甜美的奥菲利亚，你整整一
辈子都在忍受我的无聊，我想让你对我说：理查德，我
们的孙子到了，就在他的房间里，我现在叫他过来和你
玩。即便我们并没有孙子，因为我们没有过儿女，因为
在这一切能发生之前你就自杀了。你穿着朴素的晨衣和
上面钉有假缎面的拖鞋，轻快地走到客房里，回来的时
候手里牵着一个小孩，你说：弗朗西斯，快跟爷爷说晚
上好，他刚下班回来，现在该跟你玩了。啊，我早料到
小弗朗西斯是我们本周末的客人，我可不像你想的那么
傻，我的小奥菲利亚，你们看到爷爷脸上有什么吃惊的
表情了吗？然后我不经意地从腋下掏出了一个盒子，从

里面拿出了一辆小弗朗西斯会喜欢的小火车。我们还有火车头将要穿过的群山和隧道、一个锡纸做成的小湖、两个道口以及一个小村子，小村子和我们住的这个一模一样，因为在我们这个年纪里能住在乡下是件幸运的事，对吧奥菲利亚？你知道吗，当你告诉我想离开伦敦的时候，我确实有些抵触，因为我想象不到自己住的地方到处都是草地和羊群，唯一可以去消遣的去处就是村子里的小酒馆。小弗朗西斯会感觉多幸福啊，从去年开始他就想要这样一个玩具。太贵了，去年圣诞节的时候你这样对我说，但是现在，请你原谅我，我真的疯狂了一把，丰厚的养老金让我有条件时不时地小小挥霍一次，让我们的乖孙子开心。我真高兴，你终于同意了，不，你终于开心了，你高兴地马上和小孙子一起玩了起来，这一天你已经盼了很久了，不是吗？但是持家意识不允许你这样做，所以我们三个都痴痴地等着，我们俩也像孩子一样看着这辆机械小火车在群山、峡谷和村庄里一圈又一圈地行驶，只需要按下一个键，道口就关闭了，所以就让小火车在它胜利的轨道上继续行进吧。

这时，一个保安出现在了门口，错愕地打量着我。您在干什么？他好奇地问我。我在朗诵一段哈姆雷特给奥菲利亚的独白，尊敬的先生，我回答说。这里不是搞集会的地方，保安粗暴地说，想搞的话有海德公园，在那里你想说什么就说什么。我该怎么让他明白这是哈姆雷特的独白，是我的独白，这才是我真正应该说的话，甜美的奥菲利亚，而不是让你每天晚上自杀时，那些我嘟囔出来的前言不搭后语的话。

我来到了外面，此时已经是晚上了。伦敦稀疏的灯光照射在公园里。后面是城市的楼群，生活的所在。我昨天才知道你要离开我们的小剧团。你是我们中间最优秀的演员，或者说，就算我们所有人都被遗忘的话，你还是会被媒体记得。不过我觉得这不是你加入另一个剧团的原因。不是因为你优秀，而是因为你累了，让你疲惫的是我那些前言不搭后语的话，是每天都要自杀的日子。也许你还想爱，但是你要的那种方式我给不了你。你知道新的恋情意味着什么风险，但是和我无休止的癫狂比起来就算不了什么了。你会被唐璜诱惑，因为被诱惑就是你的角色，他的角色则是诱惑你。但是，最起码你在剩下的日子里可以体验新的生活，对你而言这无异于溺水之人呼吸到的第一口空气。我不喜欢唐璜，我也没有演好这个角色的能力。虽然看上去并非如此，他其实比我还要可悲，尽管他很有教养，看上去也无忧无虑、彬彬有礼，他其实比我更疯狂，因为他太平庸；或者应该说，他其实是个把整个世界看成一个女人，并且想与之交媾的老傻瓜。他有些阳痿，他如果想要兴奋起来，就必须运用自己的引诱之术。我就让他运用在你身上，完成他的角色，按照剧本的要求，因为我永远都成不了他。但是我不想失去你，小奥菲利亚，我做不到，所以我也决定离开剧团，来到你的戏里谋求一个角色。我特别强调自己能接受任何角色，就算是最微不足道的角色也可以，甚至变装成女人我也能接受，只要能和你同台演出就行。我可以把你当作玛图琳①那样对你

---

① 玛图琳，《唐璜》中的人物，她和夏洛特为了赢得唐璜的心而明争暗斗。

说：她愿意怎么想就怎么想吧。或者你成了夏洛特[①]：就让她自己醉生梦死吧。或者你又变成了玛图琳：任何面孔和您的相比都是丑陋的。或者你又变成了夏洛特：认识了您这样的女人之后，我就无法忍受其他女人了。不，这样是不行的，这不是你的唐璜，他在自己乌古乔内·德拉·法乔拉[②]的家里，在他不可抵挡的床上把你变成了他的女人。这个部分不能由我来演，我当不了诱惑你的人，多年来我瘫在沙发上，用那种折磨你到乏味的表情看着你，这样的我是胜任不了的。我会说，以天上的佳肴为食的人不会吃死人的东西，其他的解药比它更致命，其他的诱惑指引我前行。

不，这些都不是，我会扮演幽灵，扮成戴着面纱的贵妇饰演幽灵，我会用严厉的声音说：如果唐璜不马上悔罪的话，那他就只能祈祷上天的饶恕，他的沉沦是注定了的。然后你那趾高气扬的唐璜会说：是谁胆敢说

---

① 夏洛特，《唐璜》中的另一个人物。
② 中世纪意大利的一位将军和政治家。

出这些话？我好像认识这个声音。先生，是一个幽灵，那个傀儡一样的斯加纳雷罗插了一句嘴，我从脚步声听出来的，先生。然后你的唐璜比往常更蛮横地大喊：不管是幽灵、鬼魂还是魔鬼，我想看看它到底是谁！就这样，我甜美的奥菲利亚变成了艾尔维拉又变成了夏洛特又变成了玛图琳，而你的哈姆雷特在变身为折磨他一生的幽灵之后，终于可以出演真正属于自己的角色了。就像剧本上所写的那样，他揭开裹在身上的黑纱，将时间毫无保留地展示在众人面前，死神的镰刀收割人们的生命。而你的唐璜被吓到脸色惨白，而我手里没有镰刀，而是拿着哈姆雷特帽子上的羽毛，就像在空气中写字一样开始唱起来："Querida, não quero despedida, eu fui feito pra Você, foi tao bom te conhecer ne vida, não tem outra saida,[①] 这是拉查[②]乐队的歌曲 *Feito pra Você*[③]，我正在学习，你知道吗，我开始学习巴

---

① 葡萄牙语，亲爱的，我不想说再见，我为你而生，生命中有你是如此美妙，除此之外没有其他出路。
② Grupo Racd。
③ 葡萄牙语，为你而生。

西葡语了，这门语言真的很神奇，比我们的语言更多情，如果莎士比亚是个巴西人，他绝不会让我对你说那些我这辈子都不得不对你说的话。在拉查乐队的桑巴舞者肤色各异，就像巴西这个国家一样，我觉得他们比披头士更贴近当下，现在他们已经赢得了自己的时代并取代了我们，在幕后的你会这样回答我："Foi un rio que passou na minha vida①"，和我让你一直都在重复的结局相比，这句话制造出了某种情感，这时候唐璜会硬挺得像一具尸体，不需要任何外力作用，他就会堕入本就该属于他的无底地狱，因为那个老态龙钟的唐璜将会变成石头，或者会变成盐，就像一座盐的雕塑。而你，我甜美的奥菲利亚，你终于穿上了奥菲利亚的衣服，你上了台对着我大喊：我甜蜜的王子，我可没有自杀，我只是去湖边那里透透气，晚间散步对我有好处，能让我重新拥有现实感，重新拥有好心情真的太让人愉悦了。随着桑巴舞曲的节奏

---

① 葡萄牙语，流过我生命的是一条河。

越来越快，我们相拥在舞台中间，帷幕缓缓落下，你看观众们多么兴奋，他们癫狂了，开始疯狂地鼓掌跺脚，简直就像一九六八年我们首演的时候，对吗，小奥菲利亚？

奇怪的生活方式

Erkennst du mich, Luft, du, voll noch einst meiniger Orte?[①]

（里尔克,《商籁致俄耳甫斯》）

---

① 德语，你还认得我吗，空气，你充斥着的地方曾经是我的。

这真是种奇怪的生活形态，一天晚上你在黑暗中醒来，听见公鸡在打鸣，好像回到了童年的那个农场。你睁开双眼看着暗处，静候着黎明的到来，而此时你的童年就在那里，就在你的床边，可以说触手可及。去啊，用手抓住童年吧，你对自己说，来吧，鼓起勇气，即便已经过去了这么多年，即便生活就像已经入土，它就在几厘米之外的地方，童年就在你的掌握之中，来吧，抓住它吧，勇敢点儿。你在黑暗中伸出手去，触碰到了它，你的童年。它是个小女孩的形状，你正和她手牵手穿越回童年。啊，但那并不是你在巴塞罗那度过的童年，那时候你资产阶级的家里摆满了古董家具和本族先贤们的画像，他们都是体面人、银行家，无一例外都是留着胡子的有男子汉气概的男人们，一看就是整天为妻子、家庭、祖国和金钱而奔波的良好市民。他们也许有时也会想想情人，不过情人总是排在最后一位，就像一个奴仆。不，不是这种童年，滚开你个虚假的童年，你是我户口簿上的童年，可你知道，生活不是在户口簿上的，它一直在别处。童年是在你长大之后、或者变老之后选择的那个童年。于是你牵起了你的不是真的却又最为真实的童年的手，她是个穿着木屐的小女孩，在沙子上蹦蹦跳跳，在你的面前是一片无边无际的大海，现在是夏天，在沙滩上嬉闹过后小女孩说：木偶就是这样走路的，然后又继续蹦蹦跳跳起来，我们在做游戏，你想和我做游戏吗，恩里克？我们两个人跳圆舞吧。哦，小男孩恩里克对她说自己晒的太阳太多了，在脸上抹了防晒霜：你是科隆区来的吗？太傻了，恩里克你真是太傻了，世界不只有发现新大陆的那个科隆 [①]，世界就是世界，世界

———————

[①] 科隆，哥伦布的简称。

上有科隆区，也有个齐洛·梅诺蒂[1]广场，一个约旦大道[2]，一条布展大街[3]，不过最重要的是，你看着啊小傻瓜恩里克，还有格兰哈这个农舍之家，或者也可以说是个旅馆，或者随便你管它叫什么都可以。我的父母到俱乐部喝茶玩牌去了，他们会在那个小草棚里待一下午，我们的爸爸们可能还会打台球。这个游戏是人生的缩影，充斥着直角、钝角和锐角，台球的运动轨迹是这样的，而我们在转圈，圆舞是对角的嘲讽，对吗小恩里克？对，对，是的，你在黑暗中对童年的伙伴耳语着，你也希望她能成为自己的同桌、你的床伴、你一生的伴侣，这很有可能不会实现，但是现在小恩里克完全不在乎，他很快乐，他把手伸向真正的童年。两人一起在半橙上跳着圆舞，那是一种铺在海滨大道上的斑岩半圆形石板，要稍稍高出路面一点，在那上面看到的大海景观是独一无二的。不过今天不去海滩，因为今天有里贝乔

---

[1] 齐洛·梅诺蒂，19世纪意大利爱国诗人。

[2] 巴黎街道名。

[3] 伦敦街道名。

风[1]，那种风将在海里掀起风暴让人们紧张不安，他们跳着圆舞，哼唱着一首童谣。

Na ausência e na distância,[2] 路上有一个声音唱着，然后马上喊道：橘子！橘子！现在是时候从童年回到现在的维度了，黎明贪婪地注视着窗户，一个女小贩学了一首塞萨莉亚·艾沃拉[3]的歌：非洲，葡萄牙用枪炮和战船征服了你，将基督的文明、西方的语言和奴役带到了那里，现在他带着报应回来了。带着有色的克里奥尔语回来了。波尔图的一个女小贩学会了这种语言，她甚至不知道她身体里有非洲的影子，她轻轻地唱着：lua cheia,[4] 她试着模仿塞萨莉亚的发音，但是不像塞萨莉亚那样光着脚，她穿着矮胶靴，让自己在冬日波尔图湿滑的人行道上不至于摔倒。她唱的是非洲。非洲啊非洲，我从未见过的非洲，非洲母亲，非洲子宫，

---

① 里贝乔风，地中海中西部的一种西南风。
② 葡萄牙语，空缺和距离。
③ Cesária Évora，佛得角歌手。
④ 葡萄牙语，温柔满月。

被欧洲欺辱了几百年的我的非洲，那个广袤、贫穷、多病但仍然快乐的非洲，即便肿瘤已渗透它的躯体，那个你称之为 *nha desventura nha cretcheu*[1] 的非洲，在你的语言里是爱的意思，而我们拙劣地模仿着你们的语言，现在波尔图的一个凡人就这样唱着，crecheu，crecheu，crecheu，nha desventura，无耻的强盗们继续欺侮着的非洲，月亮像外国猎奇书籍里那样又大又红的非洲，在将你我相隔的空缺和距离中，我用来歌颂自由的语言在那里却被用来歌颂奴役的非洲，他们是纯正癖中的纯正癖，就好像卢旺达的贫民窟和被杀人犯糟蹋的土地是他们的皇家学院、皇家码头，哦，流浪者卡普钦斯基[2] 的非洲，超凡的卢旺达人的非洲。哦，在波尔图的公寓窗下经过的女小贩努力模仿的非洲。非洲，请带我回家吧，我渴望的家，如果我还有家的话。好吧，现在正是正午，冬日太阳将光线投在床脚皱巴巴

---

① 葡萄牙语，我的不幸，我的爱人，其中 cretcheu 是佛得角土语，意为爱人。
② Kapuscinski，波兰记者，曾经记录了卢旺达的种族仇杀。

的被子上，现在该起床了，该出门了，该想想你不是谁了，你这样在寂静中对自己说，是时候想想你不是谁了。

我的亲爱的，我在穿衣服的时候想的就是这些，现在从窗户透进来的冬日阳光越来越强了，简直就是可怜的牧羊人法蒂玛的复制品，天真的画家描绘了这些理应上天堂的人的弱智表情①，根据基督的警句，就像所有弱智的人一样。你穿上了衣服，你知道是时候结束这次你也不知道目的地的旅行了。然而，带着甚至比阳光还耀眼的清晰，你确信自己知道、拥有、并有了自己的领悟，你想让这种清晰伴随着莫扎特的 C 大调钢琴协奏曲演奏会，因为你听到了他的音乐，但是你又想听玛利亚·若奥·皮莉斯②用他有魔力的手指弹奏出来的带着鲁道夫·塞尔金③式终止的活泼快板，你之所以想听活泼快板，是因为恩里克你的旅程就是一段活泼快板，

---

① Fatima Shepherds，曾经有三个法蒂玛的牧羊人看见圣母的传说。
② Maria Joao Pires，葡萄牙瑞士裔古典钢琴家。——编者注
③ Rudolf Serkin，波希米亚裔美籍钢琴家。——编者注

从昨天晚上睡觉前你在床头柜抽屉里偶然发现了这本神秘的书的那一刻起，这段旅程就开始了。那本书的作者已经全都为你安排好了，你的行程、你的路线，他让你感觉自己在追寻着未来，同时又让你重新获得你失去的意义。你的旅行是垂直的，但是在真正不可调和的、无意中结束的，就好像你的旅程又在水平方向上移动了；是的！是的！你是移动的，时间正在穿过你，你的未来正在寻找你，正在找到你，正在经历你：它已经经历过你了。

在一座陌生城市的公寓抽屉里找到一本有关自己生活的书，这听起来可能有点像是小说里才会出现的情节，对吧，我的爱人？你可以问我：你到底在给我写些什么？我可以回答你：谁在给我写信？正确答案是——在一天结束的时候到底谁在给我写信，我在跟你说些什么？我在跟你讲述发生的事情、我重新经历的未来想让我变成的样子。那是一条回头路，正好能和你在波尔图的公寓抽屉里偶然找到的一本书互补。直到昨天晚上我租下了这间公寓（贴着发黄的壁纸的一间朝北的房间），我对这座城市都还一无所知，那时候我可以肯定的是，我正在一个陌生作家为我设定的路径上逆行。Mar Azul, assim mansinho, [①] 我读了那本书，我的亲爱的，它讲述的是我的历程：我纵身一跃跳进蓝色的大海里，淹没在蓝色的宁静之中。那本书承载着我的记忆，就好像比我还认识我自己，那是我年轻时的记忆，我在麦田中的路边捉蝴蝶的记忆，读过的书见过的人的记忆，甚至是一次在一个可能已经不复存在的群岛上的旅行。如醉如梦，记忆变得模糊，当月亮显得更加亲切、天边的群山更加清晰时，你所想起来的，不是自己取悦了多少个今天，而是你还要与多少今天相遇。因为这是我的昨天，我已经从这里经过了，那本书是知道的，里面已经记载了我什么时候会从那里经过。书里说："我记得去亚速尔群岛的时候，我进了奥尔塔的彼得酒吧，那是一个捕鲸人常去的咖啡馆，就在海员俱乐部的旁边，那里是一个介于酒馆、会客厅、信息中心和邮局的场所。最

---

① 葡萄牙语，蓝色的大海，多么柔软。

后，彼得酒吧成了各种危险和历险消息必经的集散地。彼得酒吧墙上的木板上贴着各种启事、电报以及等待回复的信。在这块留言板上，我发现了一系列神秘的注释、信息和意见，它们之间看上去有着什么紧密的联系，就像是坐在一辆虚拟大篷车上到处游走，上面装载着编造出来的记忆和由什么东西承载着的声音，但是谁都说不清是什么东西。"

那本书洞悉一切，真的，就连我的坠落都会是在某个无底深渊。但是它不知道这次旅程到底是去还是回。O mar, mar azul, ①卖橘子的小贩唱着，mar piquinino, ② 我就这样来到了路上，天已经完全亮了，冬日的阳光让人想起了遥远的夏天，我必须回忆一下昨天到底是谁喜欢你，如果你还有人喜欢的话，我还不禁开始思考这次旅行的目的，我房间抽屉里藏着的那本书只是指出了一个方向。为什么唐璜的幽灵会喜欢你？或者如果你喜欢

---

① 葡萄牙语，哦大海，蓝色的大海。
② 葡萄牙语，佩奇尼诺海。

的话可以叫他詹姆斯·斯图尔特。为什么你会让自己喜欢那个喷香水的殖民地老傻瓜？为什么你要让那个邪恶的野火一般的莱波雷罗爱上你？为什么你会让自己喜欢上那个混蛋？我买了一些橘子，一边走一边朝大海走去，o mar, mar zul, mar piquinino,[①] 我穿过了里贝拉区的小巷子，随意选择着方向，因为道路是体验生命带给我们任意性的理想场所，还可以看着小船在河里顺流漂浮。

我终于来到了河口，现在我的面前就是海滩。我开始对着大海尿尿，还充分借助了身后来风的风势。一位穿着体面的先生过来了，他戴着三角帽，随着他越来越近，我愈发觉得他是马里内蒂。他向我投来了一个疑似非难的眼神，我对他说：不要生气，体面先生，我在为大海补一滴水，您也对着大海尿尿吧，您就试试，绝对有好处，但是注意别尿到鞋上，体面人可能会遇到这个问题。大海啊，大海真的广阔，我的

---

① 葡萄牙语，意为：哦，大海，祖尔海，皮老海。——编者注

爱人，mar azul，①但是现在还没满月，天边橘色的边上只有一个紫色的窄带，也许一场风暴正在酝酿。我明白了，我确实在那本神秘的书为我绘制的路径上逆行着。海上有一些船帆，和大海比起来它们渺小得可怜，我开始朝着城里慢慢地走去。又经过了那条郊区的小路，我在找费雷拉·博尔赫斯街，但是好像没有人知道那条路。突然，我的脑海中浮现出我的叔叔费德里科·马约尔，他正在穿过一个广场，此时天上开始下起了毛毛雨。我找到了一个邮局，寄走了早就该给你的指挥官和你的莱波雷罗寄去的电报：再次表示我最深切的哀悼，我向他们写道，我相信你们肯定很想念她。就在那时，我明白自己真的该回家了，我甚至可以把行李箱留在公寓里，反正里面什么也没有，有的只是几件衬衫以及两本我读了很多次的书：其中一本讲的是一个墨西哥作家在一个晚上梦到的鬼魂，巴拉莫先生的鬼魂；另一本则是约翰福音书，这本书

---

① 祖尔海。——编者注

是我的挚爱，里面的每个字我都深信不疑，因为文字即生命，生命即人类之光。我开始朝着家的方向走去，我的家。说到底加泰罗尼亚①也不是很远，走着也能到达。但是你，我的爱人，你还会在那里吗？你也会像我一样往回走，一切都重新开始，从头开始吗？

---

① Catalonia，是一个非独立的国家，目前是西班牙的一部分，其自治法规定自己为一个民族。加泰罗尼亚由四个省组成：巴塞罗那、古罗纳、莱达和塔拉戈纳。其中巴塞罗纳是西班牙的首都和最大的城市。——编者注

升天节前夜

我甜美的受难的女孩：

　　是我让你受了苦，因为我离开了你。但这不是我的错，你知道吗，虽然追究是谁的错已经没有意义，更何况你从来都不能忍受"错"这个词。是的，这是个让人无法忍受的词。那么就算是因为来亨鸡①吧，我们仍然在使用这个我们过去使用的暗号，因为换另一个不是件小事，我们都清楚这一点，这个迷人的小东西身上承载了太多的意义。我们先不说这件事了，好吗？

　　听我说，昨天晚上是我最近几年里过得最美妙、最甜蜜、最清晰也是最漫长的一个夜晚，当再次将你揽

---

① Leghorh Chicken，是一种意大利中部托斯卡纳的鸡。——编者注

在怀中的时候，我想的是：我不能再纠结了，我们不能再纠结了，事情就是这么发生了，在生活中这是难免的。

与此同时，我听见了从村子里传来的钟声，从小旅馆的窗户里可以看到掩映在橄榄园里的村庄，我们在那里转了一下午。我们的第一站是会说话的蟋蟀[①] 旅馆。我们原来就说好了：别这样，我们已经听够了会说话的蟋蟀了。举个例子，你还记得利诺吗？是的，利诺，那个消失过一段时间后又突然出现的人。那是哪一年啊，你还记得吗？七七，还是七八？反正就是那几年：利诺那个智慧的家伙说，如果世界是自相矛盾的话，那么最为自相矛盾的是生与死相联。如果我没记错的话，你当时并不讨厌他，甚至还觉得他这个人挺有意思，他当时在一个大学联盟刊物上写一些非常晦涩的没人读的文章。"亲眼看见让狂喜更加明晰"，他说话的时候喜欢不恰当地引用埃德加·爱伦·坡。我觉得他当时

---

① Talking Cricket，童话《木偶奇遇记》中的虚构形象。

在吸毒，当时大家都在吸毒，没有吸毒的人就用左轮手枪残害别人，杀一儆百，不知道这样说有没有问题。后来，我们发现那本其实并不是什么大学刊物，它只是一个狂热政治团体的幌子，资金全部来自伊梅尔达·马科斯[①]，可想而知它是什么货色，那个女人喜欢为自己收集鞋子，而为自己的人民收集绞刑绳索。而且呢，你还和那个博学的利诺调过情，他是一个自以为是的知识分子，当他们把他拘留起来的时候，就像他们在这里做的那样，你和他保持着紧密的通信，满是尼采和莎士比亚，没有什么轻佻的东西。但天知道我为什么要和你说起这些事情，我想到活到这个年纪，我们已经忍受了多少只会说话的蟋蟀。不过现在，一切终于都结束了。

昨天晚上，我确实听见了蟋蟀叫，不过是另一种完全不同的声音。那是蟋蟀们宣告夏天到来的声音，我正期盼着能和你共度良夏。我们小时候的蟋蟀节上同样也有蟋蟀的身影出现，它们会在晚上死在厨房笼子里面

---

① Imelda Marcos，菲律宾总统费迪南德·马科斯的妻子。

的菜叶子上。它们是不自由不快乐的，这一点从它们鸣叫的方式中就能听得出来，它们好像在说"明天是六月一号，升天节"。不过那是个什么节啊，就是那个升天节？升天去哪里，是谁升天了？你也知道，在我家里是不过天主教节日的，但是你家可能不一样，因为我记得你在身着白色婚纱的结婚照里面，头上戴了一块纱巾跪在一位神父面前。不过，即便信仰不同，对于我们孩子们来说升天节还是很美好的，因为在村子里他们会做一种撒糖霜的油炸甜食，一个邻居拿了一些给我和我弟弟，我和费鲁奇都爱得要死，我们的母亲偷偷地把吃的藏了起来，只把位置告诉了我和弟弟，因为如果我们的父亲知道了的话，会生气地把它们全扔掉，说邻居是想把我们变成教徒。

像往常一样我又弄丢了头绪。其实也是因为我说不下去了，考虑到刚才我提起了利诺，我想告诉你的是（可能你已经知道了），他现在成了一家出版社的大人物，出版社的老板正是我们那时候自称"老板"的那些人。利诺已经做好了一切准备，他是一个真正的男人。

现在他终于听到主的声音，也许他已经获得了感官上的平静。有些人的记忆是多么好啊：上个月他给我写了一封信，一封非常优雅的信，信纸抬头带名字的那种。你知道他还记得什么吗，你知道他以微米为单位精确地记得些什么吗，就好像一切都复制在他的脑中？他还记得那个无政府主义哲学家的研讨会后我给你们念的那些文章，那天晚上我们都去了利诺家，当时我带了一些自己的笔记，还念给了你们听，你还记得吗？那些笔记是关于一些嗑药艺术家的，也是我的一本书的草稿，书名叫《人工想象》，你还记得吗？就是这样，最神奇的是，利诺在信里面详细地说明了当时他不喜欢什么。"我对柯勒律治和德昆西不感兴趣，"他说，"反正大家都知道他们对鸦片上瘾，戈蒂耶和波德莱尔我也不感兴趣，兰波、阿尔托和米修也一样。我最想要的是关于萨佛纳罗拉的部分，就是他在鸦片酊的帮助下写出了《我相信你，我的主》那里，因为你把萨佛纳罗拉制作鸦片酊的过程讲得很好，用芸香混合没药和蜂蜜，你还介绍了它们混合在一起会产生什么神奇的效果。另外，我对巴贝尔·多尔维利也有兴趣，因为你说他混合了乙醚和古龙水。我还想要关于尼采的部分，没有吗啡的话他是写不出来《查拉图斯特拉如是说》的，还有史蒂文森，没有吗啡他也无从认识海德先生；然后还有叶芝，那个痴迷民间神秘学的叶芝和那个吹牛鬼恩斯特·唐是世界上第一批尝麦司卡林[①]的人，没有它就没有《秘密的玫瑰》。然后我还想有鲍尔，那个卡巴雷莱特·伏尔泰[②]乐队的疯子，没有他们达达主义可能就要变成多多主义，他和他发明的海洛因正是那个年代的。然后还有特拉克尔的可卡因、阿达莫夫[③]的吗啡、荣格的麦角酸，尤其重要的是德里厄，那个可怜的法西斯分子德里厄·拉·罗谢尔[④]，他以及他的注射器，他的空旅行箱和他的自杀。"

这都是他的原话，他的信就在我面前。最后他是

---

① Mescaline，一种致幻剂。

② Cabaret Voltaire，一个英国乐队团体，成立于1973年，以苏黎世夜总会伏尔泰（Cabaret Voltaire）的名字命名，这家夜总会曾是早期达达主义运动的中心。由此可见利诺的夸夸其谈。——编者注

③ Arthur Adamov，是一个剧作家，荒诞派戏剧最重要的代表之一。——编者注

④ Pierre Drieu La Rochelle，法国小说家，他在20世纪30年代成为法国法西斯主义的支持者，在德军占领期间是著名的卖国贼。——编者注

这样结尾的："就这么一本小书，简直就像博尔赫斯在为毒品自由化鼓掌叫好，肯定能成为年度最畅销书。"哦万岁！我用一句有魔力的句子回复了他：我看还是别了。

你知道吗，我甜美的受苦的女孩，"我看还是别了"是我最近几年最常用的座右铭。世界上充斥着人，每个人都想得到什么。在我的那些长途旅行中我给予了很多，但大多数都是给了什么都不要的人，因为他们不曾从世界从他人那里得到任何东西。我还记得，在我穿过丛林去拉丁美洲的那些贫苦村庄里，经常能看见衣衫褴褛、赤着脚在自己贫瘠的土地上挥锹抡镐的老人，他看你的眼神是那样纯净寻常，好像他不会对你说比晚安更多话语，在这时我就会给一些我有的东西，甚至倾我所有，因为这就是应该给出所有的时候。

我甜美的无比亲爱的女人，不，我无比爱的女人，因为这就是我们重逢的结果：是无比爱的，而不是无比亲爱的。我无比爱的女人，这也正是我这些年来想要摆脱的东西，当我给你写信的时候，画面和语言朝我扑面而来，就像是被困在一个梦里一样：你的肩膀，我在半明半暗之间环抱着你，你在我耳旁的细语，你在我们夜谈时突然的反戈一击，我们同时爆发的笑声，久久回荡，不绝于耳。就因为你做了些让我开心的蠢事，甚至是你假装责备捏我的后脖颈的动作（你这个小疯子！）。这些我向你描述的画面，我无比爱的女人，充满着苦涩和悔恨，因为没有人能把从指尖滑落的时光带回来，没有人能把我们失去的还给我们，因为我没有不失去的能力。也许我们能重新找到这段失去的时光，因为只需要看看我们年轻激情的样子，我就能明白我们失去的时光就浓缩在那几个小时里。那几个小时我连续三次让你欢愉地大叫，然后在黎明的时候，半梦半醒之间，我从后面紧紧地抱住你，你抓住机会让自己也让我得到了欢愉。

今天我确信这种欢愉可以持续到永远。我唯一的遗憾就是，明天就是升天节了，这个标志着六月开始的节日，我们却没有机会一起看这些我窗外即将成熟的麦穗。但是我知道，如果你确实需要去取那些你跟我说过的文件的话，你一天都不能等。你告诉我说，在那些文件里记载着这个经常缺失历史的国家的一段非常重要的历史，我相信国家档案馆、尤其是国民们会记得你的功绩。我就在六月二号的晚上等着你了，那天对我来说更有意义，因为那天是意大利国庆节。而且麦穗不会比昨天更黄。时间对于我来说就像停止了，你知道吗？

我浅色的眼睛，我蜜色的头发

他是一只好老鼠，

而且他厌恶一切哲学上的虚伪，

他真诚，简单说，也诚实。

尽管靠阴谋和奉承而生；

他深受大众喜爱，

对所有人来说，

永远和蔼可亲，

如果可以这样说的话，是仁慈

不在意金子，对荣誉却很看重

而且慷慨大方，真正热爱自己的家乡。

（贾科莫·莱奥帕尔迪《历史志》）

我浅色的眼睛，我蜜色的头发：

你知道我有多想拥有你吗，知道我从多久以前就想拥有你吗？从见到你的第一天起。不过那时候，也就是一百年前，你还是个非常年轻的女人，不，你还是个花一样年纪的女孩儿。当然，和那个同样被流放了的俄国人写的引起公愤的小说 [①] 不同，你已经不是未经人事的小女孩儿，我也不是邪恶的男子。我们的故事开始的方式倒是一样的，和那部小说里相似，在我们的故事里时间也非常重要：虚无的时间，就像那些虚无的事：一

---

① 指的是纳博科夫写的《洛丽塔》。

个 "petit rien"① 让我们思考什么在左右着事情的发展：有时候就是一种虚无。

如果我告诉你说，我从看到你的第一眼起就爱上你了，那就太俗套了，但是事实正是如此。那时候，一百年前，你还是个非常年轻的女人，一个花一样年纪的女孩，已经准备好了为采撷者稍稍开放片刻，也就是我，一个年纪可以当你父亲的严肃男子，还有那个家庭度假圣地。和各自的家人一起，我们每年冬天都会见一次面，一般是在二月，对于你来说那是个真正的假期，而我只有寥寥七天，那是我供职的省区报纸恩准的所谓"滑雪周"。没错，那份工作薪水并不丰厚，但是备受尊重，有一种站在对的战壕的一方为自由而战的道德与智识上的声望，那是一种浪漫主义英雄的光晕。而且，你们还倾慕我在滑雪道上飞驰的英姿，面对急弯的从容，以及在最恶劣的天气下还坚持出门滑雪的勇气。我这个散发着优雅神秘气质的五十岁男人，比你们这些只要下

---

① 法语，小事。

几点雪花就要守住壁炉的二十岁小孩要更习惯直面危险。在那些要命的下坡中，只有你敢和我并驾齐驱：你滑得就像个冠军，没有什么能让你害怕。我记得有一天早上，你想要挑战自己，跟我一起来到了赛道，完全无视了你的朋友们和未婚夫，被大雪吓呆了的他们待在了旅馆里打扑克。是的，那家旅馆虽然外表平平无奇，里面的装潢却非常考究：只有十个房间，不多不少，精良的木制品、镶木老旧、踩上去吱嘎作响的地板、手工地毯。事实上它叫自己旅馆，不过是一种让我们私下颇引以为傲的自命不凡感。我之所以记得那个早晨，并不是因为下坡时有些鲁莽（你已经跟着我滑了好几次），而是因为你追上我时气喘吁吁的样子。你的脸颊红得像是着了火，防风夹克上面全是雪，紧身的滑雪裤将你修长双腿的轮廓完美地勾勒了出来，为了停下来，你紧紧抱住我旁边那棵云杉的树干，我们突然像孩子一样放声大笑了起来，不是因为刚刚完成这个高难度动作而紧张，而是因为你确实还是个孩子。我们像两个刚刚完成恶作剧的同学一样看着对方，不过心情要更加复杂。一切都是从那个注视开始的，我那时候想：这个女孩儿是我的了。因为并不是我产生这种想法，而是你看我的方式。那个年纪的男人知道女孩是怎么看他的，我马上就懂了。我知道在那个眼神里面包含了欲望，有一丝狡黠、缄默的邀约，一个提议。我那时候想，如果你愿意的话，我当时就能要了你，立刻马上，就在白雪之间、森林的边上。

然后，时间就开始流逝。我还记得，三年后你已经成了一位光彩夺目的年轻妻子，肚子里孕育着第一个小生命。而你英俊的丈夫，他是一位有教养的年轻人，正为你的身孕操心，他害怕你的运动本能会影响胎儿的安危：因此，我们四个当时只是在压得比较坚硬的积雪的小路上散步聊天。我当时的妻子（那还是我第一任妻子，你记得吗？）在向你建议孕期的注意事项：要休息但不要过量，注意饮食，简单的晨练等等这些小事。女人到了一定年纪总是喜欢就有关话题给出建议，你像是做错了事一样听着，而我和你丈夫在聊着别的。

等到我再看到你的时候，你已经成了一位年轻母亲，手里牵着一个孩子，肚子里还怀着第二个。当时的你尤其让人兴奋，你知道吗？那个冬天你显然不能滑雪，只能偶尔散步到村子，在剩余的时间里，你就待在壁炉边上，和自己正在学步的孩子一起玩。我记得你在他身上绑了一背带一样的东西，好让孩子可以大胆地走路，我还记得你用甜蜜的声音叫着他"小宝贝"。那个星期我不止一次地梦到拥有你，我从后面将你抱住，双臂环抱着你隆起的肚子。

　　一个又一个冬天过去了，你的孩子逐渐长大，我们两家（我指的是我和你的父母们）的友谊愈加深厚，我正在变老，我的妻子也是，不过，我在下坡的时候依然保持了一贯的灵活。我记得那是我带着新妻子去度假的那一年，其实那时候还不是妻子，按照有档次的场合的说法，她只是我的"未婚妻"，你看我的眼神里重新燃起了兴趣。也许新的恋情让我重新焕发了青春吧，谁知道呢，我把头发剪成了几乎只有刷子毛那么长，前额处留了一撮刘海，我还出版了一部新小说，还借此拿了一个奖，几家左派报纸上都对我一片溢美之词。那天晚上，大家在餐桌上讨论着我的书。我还清楚地记得你当时发表的看法。当时的你还没有成长为后来的文学女性，只是经常在期刊上发表文章，比如说，你会在一本文化月刊上讲述一些没去过的旅行，评论一些没读过的书籍。我当时深爱着弗朗切斯卡，这自然不必多说，所有人都看得出来，你也不例外。尽管如此，后来还是发生了一个小插曲，它来得如此自然，就像是本就该发生的事情一样，例如月亮升起和天上降雪。那天的旅馆很冷清，你记得吗？所有人都去了一个画展的开幕式，那个米兰傻子画家用左手来作画，右手拿来炒股。那天我刚滑很长距离的雪回来，疲劳使我直接躺倒就睡着了，醒来的时候，我发现已经到了吃晚饭的时间，所有人都已经离开。而你没有，你为了照看孩子留了下来。我从我客房那层下来，看见你站在面朝山谷的落地窗前，你背对着我，好像在看着远处村庄的灯光。我无法自持，踮着脚靠近你，用手拂过你的头发，你蜜色的头发，然后对你说：梦中人。你转过身来，吻上了我的嘴。接着，你用食指按住刚吻过的我的嘴唇说：嘘。一个字都不要说，约翰，我求你，现在不是时候，什么都不要说。于是我就闭上了嘴。

当他来到你的人生中时，我立马就明白，他就是你一直在等的男人，你前所未有地爱上了他，胜过你的丈夫，这一点是肯定的，也胜过穿插在你生活中的两三个情人。你不知道我是怎么看出来的。我可以说是因为我懂女人，这一点你很清楚，我可以通过她们眼中闪烁的某种光芒判断出来她们是否在恋爱，我知道怎样捕获一个迷离的眼神，或者一个略显突兀的微笑，这个微笑不是献给在场的某个人，而是因为脑中想着的某个他；还有一些其他的瞬间，一些细节，细节中藏着魔鬼。而且，我还非常熟悉那些年的米兰以及你出入的场所：知识分子沙龙、女性主义者、梦想着革命的人、街头的口号，到了晚上，回到家，舒舒服服地听着优美的音乐。但他不是，他不属于这个范畴。而且最重要的是，他不写作。他好像说过写作会让思想变得俗气，和人直接交谈才是最好的方式，至于书，如果非写不可的话，也最好只在意识中写。

当我得知你爱着他的时候，我们正在宾馆里吃饭。那天晚上，我们吃的是打来的野味，按照当地的烹饪习惯配了野果酱，你说：我知道一本叫《克莱门汀的鹌鹑》的小说，是一个朋友讲给我听的，那是一部讲小说的小说，或者说是一部剧本的小说，它的开头是这样：在巴黎圣拉撒路街上有一个剧院，剧院的舞台上有一个装饰成东方风情的会客厅，窗户上挂着白色的窗纱，撩开窗纱之后，从四面窗户里可以看到四场不同的演出，不过只有部分不同，因为每个演出都在讲一个生活，一个男人和一个女人的生活。

就他这样一个无人知晓、会构思一些不会拿去出版的小说的人是肯定不会在米兰生活的。我们所有人都在热烈地讨论，无不想要出版《克莱门汀的鹌鹑》，以及可以从四个角度观察同一个生活的四面窗户，四个点就像四个方位坐标一样：一个在北方，代表过去；一个在西方，克莱门汀选择了这里作为自己的方位；一个在东方，他无从知晓这个方位；最后一个在南方，那应该是他的命运，可能也代表他的死亡。他是正午时死的，你是这样说的。你还记得吗？那是大雪纷飞的一天，可能正值新年，是的，那是多年前的一个新年，到底是多少年了？十九年、二十年？我们正要进入所谓的华丽的八十年代，那天晚上我们在一起庆祝，家人朋友们都在，你的孩子也在，他们都已经长成大孩子了，手里的香槟酒杯里装着橙汁，一起参与祝酒：新年好，新年好，一九八一年快乐。是的，那年是一九八一年，我记得很清楚，就是那年的元旦。你一次次地祝酒，欢笑着，玩笑着，然后你说：我认识一个家伙，他写的东西非常棒，但就是不屑于出版，他不经常来米兰，却主要对来亨鸡感兴趣，他养了四只，因为这种鸡每天都下蛋，我们为他干一杯怎么样？于是我们就为他干了一杯。这时候，一个穿着高领毛衣，据说来自"青年抵抗运动"的社团里的小傻瓜也随声附和着说：是啊，为这个可怜的家伙干一杯吧，他以后的日子可不好过。所有人都笑了，因为真的很好笑，在那所山间小屋里，暖气以及为这个养来亨鸡的人干的一杯都让我们感觉暖洋洋的：我们这些左派，按照当时的说法我们是"警惕的"，我们会在十四天后运用我们的警惕，那一天，圆领知识分子将会在一家著名书店发布他的最新著作：《革命和／或引诱》。这时候我想：是的，她恋爱了。

你知道吗，我浅色的眼睛，我蜜色的头发，我有一种第六感。我一直都有，正是它在指引着我的人生。我想：farewell my lovely，① 你走向了来亨鸡，我再也抓不住你了。但是生活总是保留着巨大的惊喜：只要耐心等待它们到来就好。而我不缺耐心，这一点你也见识了。年华逝去，我的比你的逝去得更快。我每天都在想着你，每年只能在那个旅馆里见到你几天时间，这一点令我无法忍受，甚至几乎成了一种折磨。而在此期间你却很幸福，也难怪，这是人的常态。但你幸福的时间真的太长太长了，这也是实话。在此期间，我出版了好几本书，那天我把它们送给了你，我还记得当时用的祝词："献给你，以将我联系在一起的复杂。"有一次，我还对你坦白，虽然我写了几本书，还用复杂空洞的祝福

---

① 英语，别了我的爱人。

语把它们送给了你，但是其实我不是一个作家。这是因为，是否是作家是个本体论问题，我说，要么是要么不是，并不是写几本书就能成为作家。你表示赞同，那是当然，我说的话很有道理。你说话的时候透露出来自大，就好像你是个很懂文学的人。傻瓜。我的话其实是个陷阱：我是个真正的作家，我给你写的这封信就是最好的证明，我已经想象到你的惊愕了。总有一些东西只能后知后觉，就算为了它们，人也得活得久一点。我也有一件后知后觉的事：你是个毫无逻辑的人，或者说你的逻辑只属于你自己，就像我们结束那次关于写作的对话的方式一样，就好像是为了回应我用如此复杂的方式把书献给你这件事，你声称：我喜欢你前额的刘海。难道这就是把我们俩联结在一起的复杂吗？我浅色的眼睛和蜜色的头发，你比我更清楚，我们只是想上床而已。你和我都一样，只不过你做不到，因为你脑子里还有那个养来亨鸡的英俊小伙。

　　能告诉你一件事吗？好吧，我向你承认，那本叫《背叛》的小说，就是我用那句祝词献给你的那本，写的时候我脑子里想的是你，我之所以想着你，是因为我有一个与之"婚姻幸福"的妻子。在枯燥的婚姻生活中我需要加入一个独特必需的第三者，而你正是独特必需的。因为我原本猜想你可能会全身心地爱上我，只有一点我不确定，那就是在让我占有你之后，你是否还会想着你爱的那个人。因为只有这样你才能得到那种高强度的爱，就如你一直所梦寐以求的伟大而完整。不过显然你还不明白，时光流逝了。对于我来说这很痛苦，也很艰难，因为即便一个男人能保持苗条、肚子上没有一丝赘肉、头上留着刘海、整天一副顽皮的样子，他还是会变老。你知道他哪里会变老吗？阴茎，请原谅我用这个粗鲁的词，你肯定会原谅的，因为虽然你受不了公众场合的粗话，但在性交时你并不介意。

时间一天天过去，直到有一天，你的勇士安瑟姆再也没有回来，他可能出征去迎接一些无名战斗了，可能带上了头盔，以便保护自己，也可能带上了来亨鸡。所以，所以就这样发生了，就是这样的，你记得吗？诗人们都是这么说的。还有衣服正在晾晒，这也是诗里面会出现的场景。让我们追寻她吧，我确实也追寻了她，虽然其实是你叫我过去的。在那个周围长满了樱桃树和桃树、草木深深的小广场上，确实晾晒着一些衣服，它们正等待着九月从海上吹来的微风将自己吹干。当时的借口（那确实是个借口）是，我把自己的书以作者捐赠的方式赠给市政图书馆；他们将会感觉骄傲，你说那是个左翼城市，也曾经是游击队活跃的地区。这样更好。我们就这样对着话。我也写作，你对我说，其实我已经写作了。你写了什么？诗，其实可能更算是散文诗，就是那些小玩意儿。给我读一首吧？如果你想听的话也可以，不过我有点害羞，而且我不擅长朗诵。我们在樱桃树下的躺椅上躺着，你不知道如何开始，有时候人就是会感觉不自在，尤其是当我们都知道最后的结局时，而我们俩当时都对此心知肚明。那我读哪首呢？随意。那我就读一首波德莱尔式的诗吧，诗以山上的一个小旅馆为背景，特点是简洁明快。主题不错，让我浮想联翩，题目是什么？没有题目，我应该给它起一个诗名。这个想法不错，可以是以书中人物来命名，书都需要一个恰当的名字。不过这些小诗永远都成不了一本书，你说。当然能了，我当时向你保证说，你比我更了解，我来负责，你就读吧。

读完诗之后你望向天边，目光迷离。夜幕正在降临，朝向大海的平原上开始亮起了几盏灯。你为什么不取名叫《来亨鸡》呢，我向你建议，然后又说：我得找个旅馆了，我这个年纪恐怕已经不适合晚上开车，而且路途也太远。到我那里睡吧，你说，那样的话说不定我半夜不会惊醒了，已经持续好几个月了。我老了，我对你说。你狡黠地笑了笑。哦，不是你想的那样，我澄清说，我的雄风依然不减当年，尤其是想着你的时候，只不过，你知道吗，只不过……只不过什么？我是想说，一个二十岁的女人可以和一个五十岁的男人上床，但是之后……那就不一样了，就很奇怪，嗯，可能就是奇怪吧，哪怕再奇怪点儿。

我浅色的眼睛，我蜜色的头发，在这五年间，我和你在一起享受的爱的瞬间是极美的，虽然这些瞬间并不常有，每一次相隔的时间于我而言也太过漫长，只有在某些周末的时候才有机会。我们都尽量试图显得随意，在其中我感受到了一辈子最为极致的肉体愉悦。不过，就算激情最猛烈的时候，我还是感觉，距离那触手可及的狂喜还是缺了点什么，让人一直求而不得：那是一个我不知道是什么的"小东西"，你也不知道，也许是意识到我们的爱太隐秘，所以也太自由、没来由，少了点地下恋情能带来的邪恶感和罪恶感，这也是让我们的幽会变得更珍贵、更狂热的秘密。这就是为什么在米兰见过几次面之后，我开始趁着妻子不在的时候邀请你去我在乡下的家里：因为那才是真正的家，在那里我有着"幸福的婚姻"（但是到底什么才是"幸福的婚姻"？），在那个家里我过着完美的婚后生活，在我们做爱的那张古董床上，我的妻子和儿媳都曾在那里生产，那张大床有漫长的历史，见证过很多人的一生。

床。竟然会以为某张床能为正在消亡的爱增添什么风情，真是太傻了。直到昨天我才意识到了这个问题，我蜜色的头发，你看吧，在生命中总是有需要学习的东西，就算是到了我这个岁数也不例外。刚刚过去的这个晚上，这个被天主教选作自己最美的节日之一的这个和煦无风的晚上，对于我也是升天的一晚，只不过我的升天更加接地气，因为我升上了第七重天堂，在那里我享受到了最全面最极致的愉悦。我们很久之前就约好了，你从来都没有失过约。而且我的妻子将要度过她在山里的第一个周末，我们绝对不能错过这个机会。但是你有些顾虑，我是从电话里听出来的：我需要跟你说一件事，一件非常重要且决绝的事，我过去就是为了这个，别无他意，你明白吗？不是为了你想的那件事。

但是结果并没有如你所说，你过来并不只是为了告诉我一件重要且决绝的事。你来是为了爱我，最起码再爱一次。当我们还在外阳台上吃晚饭的时候我就知道了，我当时准备了很多你喜欢吃的佳肴美食：鹅肝配莴苣叶、冷鸡肉配蛋黄酱，还有你喜欢的香槟。你若有似无地看着我，一副在这五年间从来都没看过我的样子，你的眼中起了层湿雾，瞳孔中倒映着正在燃烧的蜡烛。我懂了，你对我迟来的爱已经消耗殆尽，如今已然来到了尽头，因为除了我之外有一个更重要的人，这注定了我们的不可能。不过同时，你因为自己带给我痛苦而感受到痛苦，这让你对我的爱感到更加珍贵和强烈，你可以让自己完全沉浸其中，仿佛沉浸在一股遗忘和屈服的潮流中。到最后，你甚至都不需要说让你过来的那件"重要的事"是什么。我们只需要到那张床上去，就是那张我们在上面爱了太多次的床上，对我来说这样就够了，你什么都不需要说，我自己都能猜得出来，他回来了。因为在相爱了五年多之后，你在昨天晚上第一次亲吻了我的阴茎。而我，在你送给了我这个不期而至的礼物之后，想到了一首我记得很清楚的诗，那首诗说，无论是我之前曾经做过的自己，还是我曾经被拒绝的要求，如今全都给了我，而你的礼物并不是一个蜷缩在黑暗中的女仆所表达的敬意，而是一种已经内化为我生命一部分的女王的礼物，它在我的血液中流淌，我的青葱岁月和我剩下的时光一起浮出水面融合在了一起，这一切正是由于你亲吻了我的阴茎。你接下来激情爆发之强烈是从未有的，当我插入你之后，仅仅只一瞬，一个微小的瞬间，我就听到了那个混杂了愉悦、解放和绝望廓大地从你嗓子响亮地里爆了出来，分贝之高前所未有，啊，你终于也得到了你的"小东西"，这一纯粹的替代品。

而如今他回来了，我浅色的眼睛，我蜜色的头发，如今他又重新变成了你的，当年他离你而去在你心中留下的阴影已经消失不见，你心中也不再有因他离开你而背负的愚蠢与伤感，这些年我总试图徒劳地以我的深情与关心来抚平你心中的伤感。因为你知道自己背叛了他，与此同时，你反而感觉有愧于我，因为你要离开了我而让我又陷入伤感。现在，我们的爱终于达到了绝对和圆满，除去我的年龄，还有另外一点也很重要，如果其他老男人能够像我一样爱你的话，你也是不介意他们的年龄的。而且我也不再老了，我又再次变得年轻。就像我三十年前那样年轻，也就是在那个遥远的冬假里，当我想要得到你，却又不能把你揽入怀中的时候。

我要你，我寻找你，我呼喊你，我看见你，

我听到你，我梦到你①

---

① 那不勒斯歌曲《激情》的歌词。——编者注

那天晚上，他从远方回来了，到的时候他很累。他是睡得累了，因为睡了太长时间。有多长？嗯，很长很长。他感觉自己就像树林里的睡丑人。说是树林，其实是个森林。他在路上碰上了一块石头，不知道怎样越过去，所以就在树林里做了睡丑人。他确实很丑，他有自知之明。他坐着两匹马拉的马车，不断地被其他人飞驰着从身边超过。有很多次他都想在某个店家停下来歇歇脚。远处山脊上的灯光意味着那里有宁静的乡村、一顿美味的晚餐和一张舒舒服服的床。天已经热起来了，因为此时已经是五月了。他一边自言自语地说"西塞罗在我这个年纪已经写出了《论老年》"，一边努力驾驭着两匹马，它们在上坡的时候老是会跑偏方向，他那略显滑稽的束缚带，名义上是为了缓解背痛，其实是为了遮掩他隆起得有些太明显的小肚子。他想：我回去吧。他又想：我要给她打电话。他在一个小广场上停了下来，那里是来往的荷兰卡车司机们靠着汽车轮胎睡觉的地方，旁边还有个亮着霓虹灯的小吃店，在那里可以打投币电话，还可以吃个热乎的佛卡夏面包。

他决定给她打电话。他想：一个我这样岁数的男人，不能在这个时间贸然地出现在一个女士的家门口，都怪我在树林里睡得太长了。于是他往小吃店的公共电话里塞入了几枚硬币，其他的荷兰司机们因为某些系统内部笑话大声笑着，他发现对方在占线中，于是舒了一口气。如果占线的话，就说明她在家，而且还没睡下。他问收银员：阿勒颇①离这里有多远？那座邻近的城市当然不叫阿勒颇，但是此时它正像《一千零一夜》中的阿勒颇一样散发着香气；只不过他是用自己的

---

① Aleppo，叙利亚的城市。——编者注

母语问的，收银员一点儿也听不懂，只是听懂了公里这个单词，于是张开了五根手指。好吧，那就是还有五公里了。他想：都到这里了，怎么说我也得试试。他又重新坐上了自己的马车，现在它快得像个雪橇，因为正赶上山的下坡，他唯一的顾虑就是自己森林睡丑人的形象，而且还有小肚子，因为即便她也已经不年轻了（比起他来还是年轻多了），她可能找到了一个没有小肚子的朋友，一个不会因为打网球而在树林里睡觉的人。想到这里，他的肝部感到一阵疼痛，他的肝脏本来就不太好。他还在想，伊凡·伊里奇感到腰疼的时候，是从左侧还是右侧开始的？不管怎么样，自从他在林中那次长眠之后，他发生了多大的改变？而且改变更多的不是身体上，而是存在方式上的。他滑着自己的雪橇下坡时，其他司机正旁若无人地从他身边超车过去，毫无安全意识和恻隐之心，此时他发现自己脑中使用的词汇发生了变化。放在以前，他绝对不可能对他们嘟囔出那么粗俗的字眼，那两个荷兰司机都说不出这样的话。即便他正想着她，想着和她做爱，或和她的性爱，即便他被一股放纵的激情躁动着，他的大脑也从来不敢用他刚才用的那种粗野的词编出的句子。在他的内心中还占有一席之地的优雅可以超越肉体的本能，人有时会迸发出来的动物本能也会为细腻的浪漫主义精神所驯化，因为后者知道怎样遮瑕、修正和美化。比如说，当他看见她穿着睡袍在家中走来走去时，在他的想象里她现在就正在这样做，他会像法国诗人一样对她说：你绿色的睡袍让我想起了梅露西娜，① 你走路的小碎步如同优雅的舞步。这是他过去会说的话。而现在他会说（他觉得自己会这么说）：你的屁股也太神了，它在大笑，从来也不愁眉苦脸。

不知道用这句话当开场白怎么样。如果她家里有个男人呢？她家里很有可能有个男人，她的男人。如果是这样的话，她在门口会这样说：拜托你声音小一点，里面还有个人在睡觉呢。或者更糟的是：您能小点儿声

---

① Melusina，是欧洲传说中的一个人物，是河流和神圣喷泉中淡水的女妖，她通常被描绘成一个女妖，腰部以下是一条蛇或一条鱼（像美人鱼一样）。有时也同时会有翅膀或尾巴。——编者注

吗，阿尔弗雷多在里面睡觉呢。因为她很有可能会对他用尊称，毕竟他已经睡过去了这么多年，屋里也有可能有个阿尔弗雷多，生活中有很多叫阿尔弗雷多的人，他们有可能就睡在隔壁房间，他们在那里显而易见是去爱的，爱我吧，阿尔弗雷多。

他拐进了一条灯火通明的大路。阿勒颇，我魂牵梦绕的阿勒颇，你用璀璨的灯光迎接我，如同我是得胜归来的恺撒。他把车窗摇下，好呼吸一下夜晚凉爽的空气。空气中弥漫着椴木的香味，也有可能是香草，那正是阿勒颇该有的味道。香气可能是来自左边那家饼干作坊，灯光打在它的招牌上：Biscou-Biscuit①。好，真是个好名字，Biscou-Biscuit。也许他可以敲门，而不是按门铃，在这个点儿按门铃换谁都会气得跳脚，敲门就柔和多了，她打开门，然后他对她说：你好，Biscou-Biscuit。大道尽头的黄色交通灯开始间歇性地闪烁，一般过了半夜十二点才会这样，所以现在已经是半夜了。

---

① 一种脆的小饼干，小点心。——编者注

如果一个人在森林里睡了不知道多久，在半夜时分敲你家门，还管你叫 Biscou-Biscuit 的话，你会对他做什么呢？他自己琢磨着。我可能会摔门而去，他对自己说，也许还会带上一句我现在会说的那种话，不过肯定是小声说，有教养的那种。Biscou-Biscuit，突然，在这条横穿住宅区的大街尽头，他看见了一排悬铃木。突然之间，如同看照片一样，他发现这里的街道的基本布局和他以前熟知的一座海边小城几乎一模一样，他以为自己已经不记得了。在那里，林荫道的尽头是海边，古老的与鹅卵石铺成的海滩相接，再往前，是一个小港湾，它的环面①中心就是从这里开始的，那是一条由鹅卵石铺就的街道组成的迷宫，曾经是一个渔村。小路在某个地方变得突然开阔，汇入了一个小广场，那里有一座白色的教堂，左右各有一棵棕榈树，那就是双棕榈教堂，教堂旁边有一个门廊，过去的水手们经常坐在那里

---

① Toric，一个与拓扑等相关的概念，指几何图形在持续改变形状后还能保持不变的一些性质。——编者注

补渔网，他们屁股下的蓝色小板凳看上去就像小孩子坐的；门廊的上方是一些老房子，左边那个阳台带着铁栅栏的就是她的家。她已经上床了，他很肯定，她肯定已经上床了。二十分钟前她的电话占线，所以当时她是醒的，但是现在已经十二点十五分，一个独居女人怎么会还没睡呢？她肯定上床睡觉了。如果还有个阿尔弗雷多的话，她会这么做的理由就更充分了。

　　这时候老市中心已经禁止车辆入内，但是他也不一定就会碰见警察，毕竟度假季还没到。他把马车停在一棵棕榈树下，那是残疾人专用的车位，老市中心一向不会禁止这群人入内。这个位置就是为我而留的啊，他想，正合我意。正合我意，这是多久以前的表达方式了，它是从哪里来的呢？或许是从他的青少年时期来的，那时候孩子们都这么说话：正合我意，雪中送炭。小阳台里面的房间窗户没有亮灯。该死的窗户，该死的窗户，你怎么就没亮灯呢？婊子养的窗户，婊子养的窗户，你为什么没亮灯呢？来嘛，可爱的小窗户，来嘛，乖点儿，重新亮起来吧，她只不过是去了一下卧室，顺手把灯关了，现在她回来了，重新亮起来吧，她忘记拿眼镜了，她睡前喜欢看书，没有眼镜的话她离近了就看不清了，她年轻的时候就花眼，反正她不看个两三页是睡不着的，我比你清楚，重新亮起来吧，别傻乎乎的了。

他坐在教堂门前的石椅上。按还是不按，这是个问题。或者应该说：上去还是不上去。因为像往常一样，大门是开着的，里面一共有三户人家，没有人能想起来关门。他想点一支烟抽，也好有再想想的时间。如果点烟的话那你就真的完了，我亲爱的朋友，因为这是最后的机会，上面那位肯定已经睡了。那副眼镜其实就在床头柜上，抽个烟的功夫她能看完几页书？最多两三页，看完两三页她就会拿着书睡着，有的时候，还是你蹑手蹑脚在她旁边睡下之后才把书拿走的，就为了不吵醒她。所以你就去吧，拜托了，鼓起勇气去吧。对了，如果开门的是阿尔弗雷多呢？不好意思，你想想看啊，这个阿尔弗雷多穿着三角裤，气势汹汹地对你说：您是谁啊？这个点想干什么？这时候你能说什么，Biscou-Biscuit？阿尔弗雷多能一拳把你打得满楼梯找牙。

他站起来，把烟蒂在脚下踩了踩。真奇怪，他踩在人行道上的脚步声听起来就像另外一个人的。脚步很轻，好像有什么人在跟踪他。谁在跟踪他？答案很简单：是多年前的他在跟踪自己，那个他现在已经不是那个他了。手也是，他想，手也变了，我的手变化也太大了。变了吗？确实变了，好像手指变细变尖了，指肚上的肉转移到了肚子上，而手指变得骨节凸出，瘦骨嶙峋，而且上面还多了一些雀斑。现在是看不出来，因为是晚上，但是如果我上去了，在灯光之下一切都会一览无余。"上去"这个词现在还言之过早。如果上面真的有个阿尔弗雷多呢？他不紧不慢地上着楼梯，每数到七才会上一级台阶。埃及的七种灾害①，雅各在拉班做了七年牧羊人，七年的不幸，七年的幸福，七宗罪，七步靴②，猫有七条命，七只猫咪七个疯，从五点到七点是属于情人的。但现在已经十二点半了。为什么门铃上没

---

① 《出埃及记》中记载，神降临灾难给埃及，劝说法老王还以色列民以自由。
② 传说中能让人拥有神奇脚力的靴子。

她的名字？可能她早已经不住在这里。她当然是住在这里，那不过是张打印出来的小纸条，被墙的湿气浸透之后她就给扔掉了而已。上吧，按下铃，时间也差不多了。

她既没穿晨衣也没穿睡袍。她穿得很正式，应该是刚参加完宴会或者晚餐，他从保险销的缝中瞥了她一眼，门还是关着的。她只是问了一句：这么晚了你干什么来了？真是太倒霉，他唯独没想到对方会问这么一句，最简单的一句，就像对某个一个星期没见的朋友说的那种。七天，过去了七天，他在心里盘算着。他从嘴里冒出来了这样的话：我要你，我寻找你，我呼唤你，我看见你，我听到你，我梦到你。他的声音很低，没有唱出来。你说什么？她问。你离得越远，我就感觉你越近，他还在继续说。她拔掉了保险销，把门打开了。进来吧，我正要睡觉，你吃过晚饭了吗？他回答说吃过了，意思是没有，也就是说吃过了，他说，只吃了一点火腿和佛卡夏面包，不过也够了，晚上我一直尽量不多吃。给你块蛋糕吧，她说，我去厨房拿，你就先坐一下，今天晚上有客人来，我做了你喜欢吃的蛋糕。女王蛋糕，他说，你做了女王蛋糕，我都不知道多久没吃过了。她拿着一个托盘进了厨房。因为你是傻子，她说，我知道你有多久没吃过了，你不知道是因为你傻。她倒了一杯波尔图葡萄酒。我把地板换了，她说，你喜欢吗？挺好的，他说，我们抽支烟吧。我已经戒了，她说，别着急，你就慢慢抽，我先上床，有点儿累了。我也可以去吗？他问。

一个女人的地理学是从哪儿开始的？从头发开始，他对自己说。你知道一个女人的地理学是从头发开始的吗？他对着她的一只耳朵细语道。她背对着他侧躺了下去。然后是后颈和肩，他说，一直到脊柱的最末端，这里是一个女人地理的入口，因为在那里，过了尾椎骨之后，有一个脂肪团或者是像鸡胸肉一样的肌肉块，最隐秘的区域就开始了。但是首先我要抚摸你的头发，然后轻轻地挠你赤裸的后颈，我就是过来刮你赤裸的后颈的，离开你的身体，我的手指就像失去了触觉一样，它们甚至开始变得难看、干枯，而且满是雀斑。你知道我怕痒，她说，别挠我。那我就给你按摩，他说，我就像按摩那样轻轻抚摸你，只用手指肚。那样的话我就该睡着了，她说，会让我很放松，你得有耐心。那你就睡，他说，然后我再把你叫醒，你想听我慢慢给你唱一首《利德》①吗？你还在作曲吗？她的声音听起来已经很困了。有时候会写吧，他说，时不时会写几首，不过更多的是整理这些年来的作品。你进来时唱的那首小曲是怎么唱的？她问。什么小曲？他说。那首那不勒斯小曲，来嘛，别装了。

他继续用右手爱抚着她，但是左手已经绕过她的身体碰到了胸部，她已经睡着了。他感到了一些小褶皱，那是皮肤的皱纹。但是胸部还是很圆润，还是温热的，乳头周围的一圈乳晕很宽，上面有许多小凸起，就像等待钻入地下的种子一样。他想，女人的地理是多么美妙啊，而且如果你精于并热衷于此，这其实还很简单，他又想，男人是多么愚蠢啊，有时他们会以为自己

---

① *Lied*，德语，钢琴伴奏的德国抒情独唱歌曲。

把这些给忘记了，正因为如此他们才是愚蠢的。当他想到这里时，他发现自己的身体已经在和自己抱着的身体在一个节奏上呼吸，他想：你得清醒点，等一下，别现在就睡着。

当他重新睁开眼睛的时候，迎接他的已经是早晨的阳光。五月里天亮得很早。睡觉的时候她把被子拉了上来，也可能是他不知不觉中拉的。他把被子掀开，抚摸着她的臀部。刚开始很温柔，后来开始用力，把臀肉抓在了手里。她在睡梦中挪了一下，发出了一个低沉的声音。你的屁股也太神了，他说，它总是大笑着，从来也不愁眉苦脸。她醒了。你说什么？她问。他又重复了一遍，然后说：是一首诗。真傻，她说。他用左手摸索着她的私处。她夹紧了双腿。再跟我说一遍你昨天晚上唱的那几句歌词，她说，我那时候睡着了。哪几句？他问。那几句那不勒斯方言的歌词，她说，是一首歌吧，我觉得。我不记得了，他说。你记得，就是那首说我要你，她说。那好吧，他回答，然后开始说：

Sex contains all, bodies delicacies,
results, promulgations,

Meanings, proofs, purities, the maternal
mistery, the seminal milk,

All hopes, benefactions, bestowals, all
the passions, loves, beautiful delights of
the heart,

All the governments, judges, gods,
follow'd persons of the earth,

These are contain'd in sex as parts of
itself and justifications of itself [①]

他一边说，一边抚摸着耻骨。骗子，她说，这是
惠特曼。我要你，他说。进来吧，她说。我这样，他

---

① 选自惠特曼的诗作《一个女人等着我》:性包含了一切、曼妙的身体、结果、
颁布／意义、证据、纯洁、母性的奥义、精液／所有的希望、善行、赠与、
所有的激情、爱、心灵美好的闪光点／所有的政府、法官、神灵、地上的
追随者／这些全都包含在性里，既是它的组成部分，又是它存在的理由。

说，从后面来。不，她说，到我上面来，我想让你覆盖住我。我没想到你会说出这句话来，他说。这是个自然概念，她说，是个自然爱的概念。然后就把他抱住了。

我还想再睡一会儿，他说，天才刚亮。你几乎一整晚都没睡，她说，我感觉到你了，你说这样行吗？如果我抱着你，你是不是睡得更好？你知道是的，他说。你想让我跟你哼点什么吗？她问，有一段时间你老是让我跟你说话，你说这样的话你能睡得好些。你随便吧，他说。我知道一首那不勒斯小曲，她说，你也知道我五音不全，不过我可以试着唱一唱，第一句是我要你，最后一句是我梦见你。

告诉我，是这样唱的吧，如果是这首的话？

待写的信

信是大地的一个愉悦——

它被神拒绝

（艾米丽·狄金森，《信》）

我亲爱的女人：

　　我真的想有一天能给你写一封信，一封完整的信，一封真正的完整的信，我在想，我在设想该怎么写：我的用词会是简单并反复出现的，它们曾经被无数人使用，现在甚至已经变得幼稚，即使它们只是曾经的激情留下的碎片。穿越生活在所有事物上附着的灰暗的岩浆和陶土层，那封信将让你知道，我还是我，我还有梦想，只不过我早晨醒得很早，拿笔的时候我的手偶尔也会抖。家也还是那个家：老木头还是原来的味道，蛀虫正在里面肆意侵蚀，夏日的阳光从阳台窗户照射进来，透过铁栅栏上的葡萄藤，在对面墙上倒映出皮影的效果。这时候就适合躺在柳条椅上，外围周遭的农田里正潜伏着正午的宁静，蝉不住地鸣叫着，毫无疑问蝉也还是那些蝉，和一直以来都存在的蝉并无二致。二月末的时候，日本木兰还没长出来叶子就开花了，看上去像一盆被空气染白了的花，就和外面的景色一样，有些奇怪。在花园的最远处，在木兰花的旁边还有你很喜欢的含羞草。孩子们正在长大。虽然不大情愿，卡特里娜仍在节食中，她以前真的有些太胖了，但她这个年纪的孩子已经有了自尊心，就像以前一样她就已经颇具风情，以后肯定能长成一位迷人的女性。而尼诺恰恰相反，他太瘦了，成绩也很糟糕，不过他只是不用功而已，他后来显现出的过人之处当时就已经能看出些端倪。然后我要说的是，那些夜晚很漫长，太漫长了，几乎无休无止，而且毫无乐趣可言，不过我的心还是像过去那样敏锐，路上随便听一段音乐、一个响动、一个声音都能让它狂跳不已，就像匹脱缰的野马。不过，如果我在晚上一如既往地突然醒来的话，为了平复过快的心跳，我会起床来到饭厅，点上一根黄色的蜡烛，因为黄色在暗中很漂亮，然后我就开始看书。我读到"夜色皎洁，没有微风"，这句话让我平静，尽管外面的风吹动了树枝。我对自己说：可怜的枯枝，你要离开你的枝头，到哪里去呢？我这样问着自己，然后试着入睡，万一还是睡不着的话，我会重新点燃壁炉的木炭，让它们再烧一会儿，为了睡着我开始给你写信：过去，我不知道时间不等人，我真的不知道，我们从来都不会觉得时间其实是一滴一滴的，只需再多一滴，它就会滴在地上、散开，继而消失。我还想跟你说我爱着，我仍旧爱着，即便我的感官已经疲惫，因为到时候了。时间走得是这么快、这么匆忙，如今有时候下午已经长得令人难以忍受，尤其是快到冬天的时候，秋分日逐渐远去，夜晚猝不及防地降临，一不留神，村子里的灯火已经亮了起来。我已经想好了墓碑上写些什么，字不多，因为属于我的时间就只有从出生到死亡之间的这一段，我已经有充分的觉悟，要把这些话留给提供这项职业的人去写，不管他是被迫从业还是兴趣本来就在此。然后我想跟你说说见你的那次，那时你在向我介绍周围的景色，天际线映衬出你在地平线上逆光的娇小身影，那让我觉得，你是这个世界上我能感知到的最美丽的存在，我想要打断你渊博的讲述，用那时已经点燃的所有感官的热量与你相拥。我还想跟你说说我们一起深谈的那些夜晚、海边的那座房子、在罗马的时光、阿涅内河①，以及我们一起看过的其他河流，当时我们以为它们就是这样独自流淌着，丝毫没有意识到我们在和它们一起流淌。我还想告诉你我在等你，即便不会回来的人按说是不应该等的，因为如果想回到过去的自己的话，就必须先成为过去的自己，而这是不可能的。但是我想对你说：虽然这段时间的一切就像钻头碰到花岗岩一样无法穿透，其实这一切都没什么大不了的，当你读到这封我将来会写的信时，什么都不会是问题，你看着吧，这封信我构思了良久，这段时间一直萦绕在我的脑海中，这封信是我欠你的，我肯定会把它写出来，你可以放心，我向你保证。

---

① Aniene，流经罗马的一条河流。

一切为时已晚

El candil se esta apagando

La alcuza no teine aceite…

No te digo que te vayas

Ni te digo que te quedes.[1]

（安达卢西亚的吉普赛四行诗）

Avec le fil des hours pour unique voyage[2]

（雅克·布雷尔[3]《平坦的国家》）

---

① 西班牙语：灯光正在熄灭，灯油已经耗尽……我不会告诉你离开，也不会
告诉你留下。
② 法语，随着时间的线绳去往唯一的旅程。
③ Jacques Brel，比利时歌手。

尊敬的先生们：

虽然这是一封群发信函，尽管我们公司希望使它更加个性化，这并不是出于我们之间关系进一步发展所希望的，这个目前来看是不太可能发生的，而只是出于截止到目前，我们双方之间一以贯之的教养和礼貌。

如您所知，亲爱的先生们，我们公司的历史非常悠久，在它的商业发展中，它经历了各种各样的变迁，其中的大部分是不为人所知的，而有些由于反响，通常是夸大的，鉴于各个时期艺术家的特点，被您所知。

不过，担忧和烦恼确实是我们这个职业的一部分：有时候，甚至可以充当一种调剂，能让我们公司从每日的枯燥工作中暂时解放片刻。我估计您肯定已经在其他公司有过工作经历，即便规模可能较我们公司更小，例如生产火车头的公司。这些公司都会签订保险合同，以便在事故发生时可以得到保障。不过，总会有一些突发情况是世界上任何一种保险都保障不了的，因为突发情况属于不可抗力的一部分。举一个很常见的例子：轮胎爆胎。合同上规定，需要进行及时有效的援助。但是爆胎并不总是发生在能进行及时有效的援助的情况之下。您可以任意想象出一位客户，他正在海边峭壁上开着车。盘道蜿蜒曲折，天马上就要黑了。就在一个急转弯处，不幸的客户发现自己的一个轮胎爆胎了，这时候，如果有哪个不知深浅的年轻人开着越野车过来的话（这是有可能发生的，而这也正是他所担心之处），肯定会以迅雷不及掩耳之势把他撞翻。这个时候客户的焦虑又上升了几度，他开始在后备箱寻找反光的三角形路牌，这能避免让他受到致命的撞击。但是他没找到。为什么呢？因为某个技术人员（现在公司里都是这么叫）在给他洗完车之后，忘记把三角路牌放了回去。此时的客户已经焦虑不安了，他就着所剩无几的天光，费力地阅读着租车公司给他的手册里"紧急情况发生时的注意事项"。所幸（他是这么想的，可怜的人），有一个紧急情况发生时的求助电话，更幸运的是他手头就有一部手机，那是他妻子在听说他要去国外出差时建议他购买的。他拨叫了那个号码，但是，我的天哪，那边总是占线。直到……啊，好了，终于通了……但是现在无人接听。也许您听起来会觉得好笑，但是我可以向您保证，这位可怜的客户正在经历人生中最悲惨的时刻之一。他会一辈子都记得这个时刻，在这个不知名的峭壁上，天马上就要黑了，而他的车在一个急转弯处爆胎了，他有可能会被某个不知深浅的年轻人开着越野车撞翻，如果更倒霉一点儿的话，可能还会被某个瞌睡甚至醉酒的司机开着卡车轧成粉末。

不过，上面举的这个例子并不意味着我们想让您认为上面这位先生遭遇的焦虑和您在与我们公司的关系中遇到的困难可以相提并论。这家我在其中负责解约事务的公司一直非常注意不进行客户与客户之间的对比。您可能会就这些合同的有效性进行申诉，理由是上面没有签名。哎呀，其实您来到这个世上之后就已经签了一份合同，这份合同规定了生，规定了活。当然也规定了死。我之前已经说过，现在并不是做比较的时候。因为在人生中，每个人都在以自己的方式试图摆脱一根绳索的束缚，不管绳索上到底有没有刺。在多次和他人结伴旅行之后，我们才意识到自己是孤独的。还有一些精神上的迷宫就更不用说了，我们可能会重温一些曾经属于我们的时光，但实际上这些时光早已不属于我们。请相信我，妄图把阿那克瑞翁①的诗句教授给萨福②是愚蠢至极的。您能理解狂饮作乐，当祭司进入狂喜，铙钹和铃鼓的乐声打破一切计量而变得令人着迷时，它穿透了胆囊，黑色的忧郁和宇宙夜晚的视角从中弥漫开来。但是要求情景剧中的音乐与在廉价熏香中的餐室相称，我们公司认为是

---

① Sappho，古希腊女诗人。——编者注
② Anacreon，希腊抒情诗人，以歌颂爱情和美酒的短歌闻名，他的诗通俗、明亮、流畅。——编者注

有些过分而且肯定是不合时宜的。很久以来，我们都清楚血液如何滋养了人类细胞，如何将自身的营养带给了人类，而很遗憾它又怎样从人体细胞中偷取养分。我们也会进行长时间的散步，这一点可以向您保证：这种散步甚至可以持续一生，但是这能为我们这样的公司本来就已经浩如烟海的算法增添些什么呢？在这件事情上，我们还是从两个不同的视角上来看：您不觉得无聊吗？算了吧，宇宙是由无数个点构成的，和它比起来，两个视角真的是太微不足道了。假如沉默真的是金的话，为什么要去写不曾写下的东西，开始从未去过的旅程呢？您不觉得这是一种胆怯的妥协吗？

　　亲爱的先生们，你们是受苦的人，或者说生命给你们带来苦难。这一点是说得通的，不过在您的个案中，选择权并不在我们公司，而是在一位比我们公司地位更高的人，他的名字叫"截止日期"，另外，我们还保留着一封信，对于我们来说，它就像一本使用手册，信的作者是一位和我们非常亲近的女士，我们有时候会把这封信寄给像您这样的男性客户，这不仅是为了减轻您的负罪感，也是为了提醒您，虽然此封信是群发信函，收信人也可以是寄信人，不过您好像到目前为止并未留意这一点。这封信没有署名，不过您应该很快就能明白是谁写了这封信。即使这封信没有题目，我和我的姐妹们叫它"写给风的信"。如果能占用一点您宝贵的时间的话，我们公司将无比感激。

下午将尽时，我在这座岛上登陆了。在汽船上我看着小码头越来越近，白色的小城环抱着威尼斯式的城堡，我想：可能是这里吧。穿行在老城里一条通往一座塔的阶梯小路时，带着越来越轻的行囊，每上一个台阶我都会说一遍：可能是这里吧。在城堡下的小广场上，有一块延伸到码头的露台，这是一家很有人气的餐厅，低矮的墙边摆着几张旧铁桌，两个花坛里面种着两棵橄榄树，长方形的花盆里种着非常红艳的天竺葵。一些老人坐在矮墙上轻声地说着话，孩子们绕着一座大理石半身雕像跑来跑去，他是一位二十年代巴尔干战争中的战斗英雄。我在一张桌子前坐下，将行囊放在了地上，然后点了岛上的特色菜——桂皮洋葱兔肉。第一批游客出现在六月初。夜幕正在降下，透明的夜色把钻蓝色的天空变成了正在燃烧的紫罗兰色，接着的是带着靛蓝色残留痕迹的黑暗。海面上闪烁着帕斯的灯光，那里离大海似乎只有咫尺之遥。帕罗岛上村庄的灯光在海面上闪烁着，看上去只有咫尺之遥。昨天我在帕罗岛上认识了一位医生。他来自南方，虽然我并没有问他，但不难猜出应该是克里特岛。他是个个矮、健壮的男人，鼻子上有小小的破裂的毛细血管。我望着地平线时，他问我是否在看地平线。我在看地平线，我回答。唯一能打破地平线的是彩虹，他说，这是光学反射的欺骗性，纯粹的幻觉。我们谈起了幻觉，我无意中谈到了你，我没有提你的名字，他说他认识你，因为就在你割腕的那天，他替你缝合了静脉。我不知道这一点，这使我很感动，我想也许我在他那里能找到一部分的你，毕竟他了解你的血。就这样我随他来到了他的旅馆，那个地方叫塔拉萨，就在海边，略显破败，这里住的主要是些不太富裕的德国人，他们讨厌希腊人。但是他和其他的德国人不一样，他很有礼貌，脱衣服的时候还有些羞涩，他有一个小阴茎，还有点儿弯曲，就像雅典博物馆里那些陶土做的萨蒂尔塑像[1]一样。比起女人，他好像更需要安慰的话语，因为他不快乐，最后出于人性的怜悯，我给了他几句安慰的话。我甚至在古罗伊，在这些岛屿的一座远山上寻找过

---

[1] Satyrs，森林之神，半人半兽神，性好欢娱耽于淫欲。

你，只因你曾经告诉过我，你坐在古罗伊人的膝上。

我找过你，我的爱人，我寻找过你散落在宇宙中的每一个原子。我把能找到的都收集了起来，地上、空气中、海里、人的眼神里和动作中的。我甚至在一个希腊青年雕像里找到了你。上山的路程并不轻松。邮差把我放在了塞浦路斯，这个名字在地图上找不到的，然后还有三公里的路要走，我在弯弯曲曲的山路上慢慢地前进，前方是一个下坡，下面则是一个种满了橄榄树和柏树的山谷。路边有一个老牧羊人，我只问了他一个最重要的单词：kuoros[①]。他的眼中闪烁着复杂的光芒，他好像听懂了，而且知道我是谁，在找谁，他什么也没说，伸出一只手指向了小路，我把他指路的动作和眼中那一刻

———————————

[①] 希腊语，青年雕像。

闪烁的光芒收集了起来，装在了包里，你看，就在这里。我可以把它们放在我吃饭的这张桌子上，它们是这幅破碎的壁画里的另外两块碎片，我拼命地收集着，想要把你重新塑造出来，除了那个和我一起过夜的男人的体味、还有地平线上的彩虹和使我悲伤的蓝色大海。不过最重要的是我在圣托里尼岛找到的一扇格栅窗户，上面爬满了葡萄藤，从窗户里可以看到广阔的大海一个小广场。大海不知道有多少公里宽，小广场却只有几平方米，与此同时，我想到了几首和大海与广场有关的诗，波光粼粼的大海是我和你从一座公墓上看到的，而住在广场上的人曾经看到过你，所以我就凭着想象在大海的波光中寻找你，因为你见过那里，在小贩、药剂师、在披萨店买冰咖啡的老人的眼中寻找你，因为他们见过你。这些东西我也放进了口袋，这个口袋既是我自己，也是我的眼睛。

　　一个东正教教士走到教堂院落。他穿着黑色的法衣，汗流浃背地背诵拜占庭式的祷文，祷文中的《慈悲经》中有你的颜色。天边海上开来了一条汽艇，它在身后蓝色的海面上留下了一道白色的泡沫。那也是你吗？也许吧。我也可以把它放进口袋里。就在这时一群过早的外国游客涌了过来，就像今年的季节一样早。因为她的年纪几乎都到了受人尊敬的岁数上，她站在电话亭前，面向着海风和路人，说：这是你的一种表达方式，即使是用外语来说：Here the spring is wonderful. I will remain very well.① 这是你会说的话，即便此刻它用另一门语言说了出来，我也能认出来，不过这只是你说过的话在英语里大致的翻译，这一点我们都很清楚。

---

① 英语，这里的春天太美妙了，我在这里会待得很舒服。

春天已经来过了，我亲爱的朋友，我亲爱的爱人。秋天已经到来，和它一起到来的还有变黄的树叶，我们甚至可以说，是在这个初夏的隆冬，从可以眺望纳索斯港的露台上吹过的微风，让这里变得凉爽。

窗户，这是我们所需要的，一位来自遥远国度的睿智老者曾经告诉过我，真正的无边无际是无法理解的，想要理解它就需要将它围在一个长方形里，几何学反对混乱，这就是人们发明了几何形状的窗户，而每个几何图形都有笔直的角的原因。我们的生活也要遵从于笔直的角吗？你也知道，那些困难的行程，一段一段的路程，我们都必须遵循以来到我们的终点。但是，在这样的一个夜晚，如果一个像我这样的女人在爱琴海边上的一个露台上思考这个问题的话，她就会明白，所有我们所想的、经历的、想象的、想要的，都不能被几何图形所限制。窗户只是不敢环视周围的人发明的几何学上的一种胆怯的形式，里面框住的一切都没有意义，也没有补救的办法，比如泰勒斯[①]观察星星的时候就没通过窗户。

我收集了关于你的一切：碎屑、碎片、粉末、踪迹、假设、用其他人的声音说出的你的口音、一些沙粒、贝壳、我想象出来的你的过去、我们假设中的未来、我想从你那里得到的、你曾许诺给我的、我童年的梦想、当我还是个小女孩时对我父亲的爱、年轻时写的一些傻气的诗、尘土飞扬的路边的一株罂粟花。这个我也放进口袋里了，你知道吗？那株罂粟花的花冠就像五月我开着我的大众车去山上采的那些罂粟花，当时你留在家里酝酿自己的项目，研读着你母亲在一本黑色小书里给你留下的用法语写的复杂菜谱，我

---

① Thales,古希腊哲学家和科学家，曾经准确预测日食。

给你采了罂粟花，结果你自己都认不出来。我分不清到底是你在我身体里播种，还是我在你身体里播种。不过很可惜，我们的种子都没有发芽。每个人都只是他自己而已，无法传递未来的人，至于我则是缺少采集我痛苦的人。我走遍了所有这些岛屿，所有的岛屿，都在寻找。这是最后的岛，就像我是你最后的女人一样。那么，在我之后呢，除了我，谁还会这样寻找你？

你不能就这样背叛我，剪断线跑掉。我甚至不知道你的尸体在哪里。你将自己交给了米诺斯①，以为嘲弄了他，最后却被他吞下了肚子。所以我破译了所有墓地的墓志铭，寻找着你心爱的名字，好让自己至少可以为你哭泣。你两次背叛了我，第二次还将自己藏在了我找不到的地方。我现在来到了这里，

---

① Minos，希腊神话人物，克里特之王，宙斯和欧罗巴之子。

坐在露台的桌子旁，空洞地看着大海，吃着桂皮味的兔肉。一位悲伤的希腊老人唱着一首古老的乞讨之歌。这里有猫，有孩子，还有两个年纪和我相仿的英国人在谈论弗吉尼亚·伍尔夫，远处有一座他们都没有注意到的灯塔。我让你找到走出迷宫的路，你却让我走进一个没有出口的迷宫，最终的出口都没有。因为我的人生已经过去，一切都离我而去，没有剩下一点能让我回到自我或宇宙中的线索。我在这里，微风轻抚着我的头发，我在黑夜中摸索着，因为我把我的线团丢了，那个我给你的线团，忒休斯[①]。

很不幸，留给我们的时间不多了。克洛索和拉克西斯已经完成了他们的任务，现在轮到我了。先生们，请原谅，现在我正在用一个与你们不同沙漏来计量的

---

① Theseus,，希腊神话人物，雅典国王，解开了米诺斯迷宫。

时刻，在线剪断时你们大家都出现在应在的那一年、那一月、那一天的那一时点。请您相信我，这就是我被责成去做的事情，我对此并无任何不快。现在。此刻。马上。

后　记

　　如果我没记错的话，我应该是从一九九五年秋分前后开始写这部书信体小说的。那时候我感兴趣的主要是沙迪克·海达亚[1]和他在巴黎的自杀、安德莱亚·齐萨尔皮诺于十六世纪中叶在比萨研究的血液循环、血清素的功能，人能忍受的最大痛苦值极限以及几段我原以为已经不存在其实并没有的友谊。

　　我最先写的是题为《被禁忌的游戏》的那封信，那是对记忆开的一个玩笑，最初是以英葡双语作为巴西摄影家马尔西奥·斯卡沃内[2]的摄影集《光影之间》（1997

---

[1] Sadeq Hedayat，伊朗作家、翻译家。他最著名的小说是《盲猫头鹰》，他是最早在他的职业生涯中采用现代主义的伊朗作家之一。1951 年在巴黎自杀。

[2] Marcio Scavore，摄影家，1952 年出生于圣保罗。——编者注

年圣保罗多雷亚图书艺术出版社出版）的导语出版的，后来被翻译成了意大利语，改名为《给一位巴黎女士的信》，发表在《卢卡评论》二〇二〇年第二期上。之所以说是对记忆开的一个玩笑，是因为在斯卡沃内的摄影集中有一张六十年代的照片，里面有一个裸女出现在阳台上，朝向天空张开着双臂，就好像在拥抱空气。这张照片唤醒了我关于很久以前的"我"的一段记忆（因此也离看照片的"我"很遥远），这使我觉得有可能把对那个形象的记忆归因于一个我，一个在时间中消失的我的幻影，一个外壳。总之，就是一个写信中的陌生人。

这封信是一种模棱两可的信使。在生活中，我们每个人肯定都至少收到过一封信，它似乎来自一个宇宙，但实际上它真实地存在于写信人的大脑中。我们都寄出过这样类似的信件，也许没有意识到我们就进入了一个自己觉得真实，但别人会感觉虚假的空间里，这时信就成了一位最诚实的造假者，它能让我们产生一种错觉，以为自己能跨过远方的人与我们之间的距离。即便一个人近在咫尺，实际上他离我们都很遥远，更不用说一个真的就在远方的人。

我们有时还会给自己写信。我指的信并不是小说，那种信一般用词优雅行文华丽，过去的一些作家颇为精于此道，我在这里指的是真正会寄出的信，带邮票和邮戳的那种。有时我们甚至还会给死者写信。这种情况虽然不多，但并不是没有。甚至可能是死者的回信，以某种只有他们自己知道的方式。它们像旧桌子里隐藏的顽固蛀虫一样噬咬着周遭，必须用毒药才能使它们消声，但同时毒药也会让我们自己中毒，这种就是我们从来都没写过的那封信。也就是在无数个不眠之夜里，我们总想要写，但又无数次推迟到第二天的那封信。

如果要定义这些集结成小说的信的话，我不会否认它们是情书。它们可能又和我们熟知的情书有所不同，因为爱的领域非常宽泛，经常会横跨到某些看上去不属于其本身的未知领域里，比如怨恨、不满、怀念和悔恨。另外，这些信其实是一些空间，我笔下的寄件人们像走失者一样在其中游荡着。而且，即便不能算是爱的话，那也是一种和我们最后一个主人公类似的痛苦情感，她也是这本书唯一一个女性的声音，究其一生，她都在试图切断和别人生活的联系。

其中有一些信我很想说说它们是什么时候怎样被写出来的，也许是因为每个故事背后都有一个故事。

某个夏天，突然之间，我以为自己能重温一场十八年前曾目睹过的暴风雨。以为自己能重温一些不可重复的事情其实是一个很愚蠢的想法，即使当时的外在和内在环境给我们的印象是一样的。很久之前那件事的许多相同元素实际上就在眼前：同一个观察地点（一家偏僻小旅店的窗户）、同一个被观察的地方（连绵崎岖的山景）、空气中弥漫着电流并将这种强烈的紧张情绪送给身体和思想、同样在乌云中迅疾掠过的月亮。我打开窗户，倚在栏杆上，开始耐心地等待。这种情景之下，最适合点燃一根烟或一支蜡烛，凭吊生命中的逝者，多年前我就做过同样的事情。如今我又照着做了，但是暴风雨没有出现，外面的景色也还是一如既往。不过这却让我想起了一次让头颅中充血般的宇宙级偏头痛。它爆发在贝利尼的《诺尔玛》[①]爆炸，音乐透露出自大，让它显得和所有自诩为艺术家的匠人没什么区别，不过这倒是和费里切·罗马尼[②]恶俗的歌剧剧本是和谐的。作为对缺席的暴风雨的补偿，我写了《圣洁的女神》，我让叙述者导演一部杂乱脱节又精神错乱的歌剧，各种元素破坏了整体的气氛。之后我又让叙述者达成了一个像求雨的萨满巫师一样对事件的认识——那就是跳过实质性逻辑的步骤，运用自己的直觉和判断力，完全按照自己的逻辑重新将事件整合在了一起，最后我推断，那个人物正在往发疯的方向发展。也许他疯了。九月初的时候，里卡多·克鲁斯—费利佩[③]邀请我到他里斯本的家中欣赏他最近的画作。很久以前我就像克鲁斯—费利佩说要写一篇关于他画的文章，但是一直没有完成承诺。那天在看他的几幅画时，尤其是那几幅

① *Bellini"s Norma*，是文森佐·贝里尼的两部悲剧歌剧之一，它于 1831 年在米兰的斯卡拉剧院首次演出。——编者注
② *Felice Romani*，意大利诗人、文学与神话学学者，他为歌剧作曲家多尼泽蒂和贝里尼写了许多剧本。——编者注
③ Ricardo Cruz-Filipe，葡萄牙工程师和画家。——编者注

卡拉瓦乔式碎片的绘画时，我知道，那篇文章我其实已经写过了。就是那篇名为《圣洁的女神》的小说。我也明白了所谓疯子并不是跳舞求雨的萨满巫师，而是那些宣称今天本该降下的暴风雨将会推迟两天的伪气象学家。这是为什么呢？就是因为那个气象学家希望一切按照逻辑和顺序进行，他希望早晨就可以预告晚上会是晴空万里，然后在摩耳甫斯[1]的环抱之中悠然地度过一天。接着一切重归平静，他可以乘上自己的电车，生活就在这里，没有在别处。

至于题为《河流》的那封信，起初我起的标题是《没有尽头》，灵感来自吉诺·保利[2]的一首令人难忘的歌，同时也是因为我觉得"你是没有尽头的一刻，你没有昨天，没有明天"是不能毫无廉耻地说这种话给一个女人听的，前面还需要一些铺垫。我并不否认它会让人想起吉马朗埃斯·罗萨[3]的《第三河岸》，这部小说的广

---

[1] Morpheus，希腊神话中的梦神。
[2] Gino Paoli，意大利创作型歌手。——编者注
[3] João Guimarães Rosa.

阔对我的冲击不亚于亲眼见到亚马逊河河岸的那一刻。不过，我之前也提到过，文学并不是一列在平面上运行的火车，它更像一条喀斯特地下河，想钻到哪里就钻到哪里，也就是说，它的轨迹是不受任何平面限制的。需要补充的一点是，吉马朗伊斯·罗萨笔下的河流虽然广阔，但是有第三个河岸，而在这篇小说里对应河岸的是丧偶的人。不过也许并非没有这种可能，也就是两篇小说都从普罗提诺①的《九章集》中吸取了灵感，这和波尔菲里②的观点一致，在这里我们读到一条无限的河流，它同时开始和消失，最初的发散，以及可测量的不可能性。不过要仔细想想的话，这部小说的灵感其实主要来自主人公的生活。因为作家对其笔下主人公的生活是了如指掌的，就连最隐秘的部分也不例外。请相信

---

① Plotinus，古罗马新柏拉图派哲学家，Third Ennead，九章中的三层本体。他确信存在一种至高的完美状态——太一，有必要引导人类灵魂走向这种状态，即存在三个层次——灵魂、智力和太一。人的最高目的就是复返太一。——编者注

② Porphyry，古罗马唯心主义哲学家，跟随普罗提诺学习了五年，普死后，将普的著作编为六卷《九章集》，附有普罗提诺传记。——编者注

我，我不是因为生气才这么说的。对于那些因为熟悉叙事学而感觉这封信像迷宫的读者，我想说的是，这篇小说就是在一个有着古老迷宫传统的地方写成的。具体说来是希腊的哈尼亚，伊奥阿娜和雷纳·库特苏达基的家里。在此，我要深情地将这篇小说献给伊奥阿娜和雷纳，感谢他们对我热情的招待。这封信也要感谢安特奥斯·克里索斯托米迪斯的友谊，六月的一个星期天，由于我那天写不了字，他在克里特岛上非常耐心地将我口述的内容抄录在了笔记本上。

在写《我去找你了，但你没在》的时候，我想的是罗伯特·瓦尔泽[①]延续一生的"散步"，这封信就是为了纪念他。《从未写成的书，从未出发的旅行》是在从巴黎到日内瓦往返的火车上写的。文中暗指的法国哲学家是克莱门特·罗塞特[②]，那本书是《现实，想象和

---

① Robert Walser，瑞士作家，20 世纪德语文学大师，在欧洲同卡夫卡、乔伊斯、穆齐尔等齐名。——编者注
② Clément Rosset，法国哲学家和作家，著有《20 世纪哲学》和《后现代哲学》等著作。——编者注

幻觉》。这篇小说是献给让－马克的，就是那个坐在人行道上完成环游世界的巴黎流浪汉。《只剩一根弦的竖琴有什么用？》纪念的是一位有一天出发去往别处而且再也没回来的朋友、和萨洛尼卡犹太社团代表的一次简短的会面、钢琴家桑德罗·伊沃·巴托利①，和他谈音乐是一大幸事，另外我还要献给曾经向我讲述过去的埃及亚历山大城的一个人。《奇怪的生活形态》的题目是取自阿玛利亚·罗德里格斯②的一首老法多民谣，算是献给恩里克·维拉—马塔斯③以及他卓越的人类学作品。《从铁丝网中脱身的困难》可以算是《被禁忌的游戏》的续篇或附录，这些信的发信人意识到收信人没有收到他的瓶中信，最重要的是，书读百遍其义不一定自见。

其他的故事就不值得再单独拿出来说了：它们的灵感来源很分散，有时候是听来的，有时候是想象出来

---

① Saudro luo Bartoli，意大利钢琴家。

② Amália Rodrigues，葡萄牙法多的歌唱家和演员。

③ Enrique Vila-Matas，西班牙作家，他写了一些混杂多种类型的作品，备受好评并被翻译为三十多种文字。

的，剩下的不知道是从哪里来的，完全是它们自己的即兴发挥。我只想提一下那一封题目为《风中的信》的信中信，它提取自我还没写的一部小说。如果有一天我真的写成了这部小说，我就把这封信还给它。这封信所在的那封信可以算是我自己写的。因为我觉得，在信的主人公们讲完自己的故事之后，是时候让他们闭一会儿嘴了。这就像是对他们说，留给你们的时间已经到了，不要继续在我们眼前晃来晃去折磨我们了，你们可以离开了。

在授权出版这本书时，我还要感谢维罗妮卡·诺赛达，她以自己真诚的友谊和极大的耐心将我本来写在笔记本上的草稿用打字机打了出来，我还要感谢马西莫·马里亚内蒂，他抄录了最初的文稿。